Vous rêvez de devenir juré d'un prix littéraire consacré au polar ?

C'est l'aventure que nous vous proposons avec le
Prix du Meilleur Polar des lecteurs de POINTS !

De janvier à octobre 2016,
un jury composé de 40 lecteurs et de 20 professionnels,
sous la présidence de l'écrivain **Dominique Sylvain**,
recevra à domicile 9 romans policiers, thrillers
et romans noirs récemment publiés
par les éditions Points et votera pour élire
le meilleur d'entre eux.

Pour rejoindre le jury, recevoir les titres sélectionnés
directement dans votre boîte aux lettres et élire le lauréat,
n'attendez plus ! Vous avez jusqu'au 10 mars 2016
pour déposer votre candidature sur
www.prixdumeilleurpolar.com

Alexis Ragougneau est auteur de théâtre. Avec *La Madone de Notre-Dame*, il signe son premier roman.

DU MÊME AUTEUR

Les Îles Kerguelen
suivi de Bastringue
Éditions de l'Amandier, 2009

Krankenstein
La Fontaine, 2010

Kaiser
suivi de Notre Père
Éditions de l'Amandier, 2011

L'Abbaye
Fable moyenâgeuse en seize tableaux
et deux ou trois miracles
La Fontaine, 2012

L'Héritage
Éditions de l'Amandier, 2013

Selon Dante
Éditions de l'Amandier, 2014

Évangile pour un gueux
Viviane Hamy, 2016

Alexis Ragougneau

LA MADONE DE NOTRE-DAME

ROMAN

Viviane Hamy

Ce roman se déroule pour une bonne part à Notre-Dame de Paris, aussi les lieux décrits seront-ils familiers aux habitués autant qu'aux visiteurs occasionnels de la cathédrale.

Les événements et personnages dépeints dans le récit sont en revanche imaginaires.

TEXTE INTÉGRAL

ISBN 978-2-7578-4914-9
(ISBN 978-2-87858-591-9, 1re publication)

© Éditions Viviane Hamy, 2014

Le Code de la propriété intellectuelle interdit les copies ou reproductions destinées à une utilisation collective. Toute représentation ou reproduction intégrale ou partielle faite par quelque procédé que ce soit, sans le consentement de l'auteur ou de ses ayants cause, est illicite et constitue une contrefaçon sanctionnée par les articles L. 335-2 et suivants du Code de la propriété intellectuelle.

LUNDI

— On a une alerte à la bombe, Gérard. Dans le déambulatoire. Cette fois c'est du sérieux, du lourd.

Une épaule calée contre le cadre de la porte, son gigantesque trousseau de clés pendu au bout du bras, le surveillant observait le sacristain s'affairer, ouvrir une à une les armoires de la sacristie, en sortir des chiffons, des éponges, des produits d'entretien pour l'argenterie, marmonnant à intervalles réguliers quelques jurons de sa propre composition.

— Tu m'écoutes, Gérard ? Tu devrais aller jeter un coup d'œil, je t'assure. Quinze ans de carrière, jamais vu un truc pareil. Il y a de quoi faire péter la cathédrale tout entière.

Gérard interrompit ses recherches et parut enfin s'intéresser au surveillant. Celui-ci venait de suspendre le trousseau à un simple clou fiché dans le lambris de la sacristie.

— Tout à l'heure, si tu veux, j'irai voir. C'est bien comme ça ? Ça te va ?

— Qu'est-ce qui se passe aujourd'hui, Gérard ? T'as plus le temps pour les trucs prioritaires ?

— Écoute, tu me les brises, je t'assure. Trente ans que je bosse ici ; chaque année c'est la même chose, tous les 15 août il faut qu'ils me mettent un foutoir pas possible dans la sacristie. Et moi le lendemain je retrouve plus rien. Je passe deux heures à tout ranger. C'est pourtant pas compliqué. Ils viennent, ils mettent leurs chasubles, ils font leur procession et leur messe à côté, ils reviennent, ils enlèvent leurs chasubles et ciao à l'année prochaine... Qu'est-ce qu'ils ont besoin d'aller farfouiller dans les placards ?

— Qu'est-ce que t'as perdu, Gérard, dis-moi ?

— Mes gants. Ma boîte de gants pour l'argenterie. Si je les ai pas, moi je me bousille les mains avec leurs saloperies de produits.

— Tu veux que je t'aide à chercher ? Là je suis peinard, je viens de finir l'ouverture.

— Laisse tomber, voilà, j'ai trouvé. C'est pourtant pas compliqué de remettre les choses à leur place, sacré bon Dieu de bois...

Le surveillant fouilla dans sa poche, introduisit de la monnaie dans la fente du distributeur à café et pressa sur une touche. D'un signe, il salua le sacristain puis, une fois le gobelet fumant en main, amorça son retour vers l'intérieur de la cathédrale. Gérard le rattrapa dans le couloir.

— Alors dis-moi, ta bombe... Elle vaut le détour ?

— Il y a tout ce qu'il faut, je t'assure : le tic-tac, la minuterie et les bâtons de dynamite.

— Bon, j'irai voir tout à l'heure avant la messe de neuf heures. Peut-être qu'elle sera encore là. Il est planqué où, tu dis, ton engin explosif ?

— Dans le déambulatoire, devant la chapelle Notre-Dame-des-Sept-Douleurs. Tu verras, impossible de le rater.

La nef commençait lentement à s'emplir de son flot quotidien de touristes. Entre huit et neuf heures du matin, les Asiatiques en constituaient l'essentiel : Notre-Dame en ouverture d'un programme qui les mènerait ensuite, en l'espace d'une seule et même journée, au Louvre, à Montmartre, à la tour Eiffel, à l'Opéra et dans les magasins du boulevard Haussmann.

Gérard poussait son diable surchargé de cartons, s'arrêtant devant chaque chapelle latérale. D'un geste machinal, il découpait chaque boîte autour de sa base puis soulevait le couvercle, dévoilant un empilement de bougies à l'effigie de la Sainte Vierge qu'il rangeait aussitôt dans des présentoirs sur mesure. Au-dessus du distributeur de cierges était inscrit en lettres lumineuses et en diverses langues : *Servez-vous, offrande à votre discrétion, montant conseillé : 5 euros.* Puis, d'un geste tout aussi las, le sacristain vidait les racks métalliques voisins sur lesquels, la veille, plusieurs centaines de bougies s'étaient consumées au fil des heures, faisant de la place pour un nouvel alignement de veilleuses, de prières et de paroles d'espoir adressées à Marie. Un peu plus tard, un autre employé viendrait vider les troncs remplis de pièces et de billets à l'aide de sacs en toile sécurisés. Des présentoirs à bougies similaires, il y en avait dans toute la cathédrale, disséminés aux endroits stratégiques, au pied des statues, sous les christs en croix, dans les chapelles dédiées au recueillement. La matinée s'annonçait longue, et les quinze ans le séparant de la retraite un long chemin pavé de cartons par dizaines de milliers, chacun rempli de cierges à l'effigie de la Vierge Marie.

Gérard soupira avant de reprendre sa tournée. Comme tous les jours depuis des années, madame Pipi, invariablement installée sur la même chaise près de la Vierge au pilier, coiffée de son invariable chapeau de paille piqué de fleurs en plastique rouge, lui lança un invariable regard affolé et ouvrit la bouche pour lui adresser la parole. Comme tous les jours depuis des années, invariablement, madame Pipi se ravisa et fit en guise de seule conversation un signe de croix. Avec un peu de chance, elle laisserait à Gérard la matinée pour achever sa tournée. Puis, invariablement, la vieille folle finirait par s'endormir, laissant échapper sous elle un filet d'urine qu'il faudrait ensuite venir nettoyer à la serpillière.

Un peu plus loin, il salua deux femmes de ménage qui achevaient de balayer le transept nord, imposa le silence à un groupe de Chinois dont les caquètements résonnaient dans la cathédrale par ailleurs encore calme à cette heure, puis il s'engagea, poussant son diable devant lui, sur le carrelage noir et blanc du déambulatoire. C'est alors qu'il se rappela son collègue surveillant. Et aussitôt il la vit. Ou plutôt il ne fit, dans la pénombre, que la distinguer.

La bombe était bien là, tout au fond du déambulatoire, parfaitement immobile, seule, comme délicatement posée sur le banc faisant face à la chapelle Notre-Dame-des-Sept-Douleurs. Gérard s'approcha et entreprit de vider le rack à bougies le plus proche. Les rares cierges allumés par les premiers visiteurs de la journée diffusaient plus d'ombre que de lumière, aussi détailla-t-il une silhouette plus qu'un corps, un profil plus qu'un visage. Elle était vêtue d'une courte robe blanche dont l'étoffe des plus fines suivait au plus près chaque courbe, chaque virage de sa chair. Sa chevelure noire, dont s'échappaient par endroits quelques reflets moirés, coulait sur ses épaules et dans son cou comme une rivière de soie. Ses mains, jointes dans une position de prière enfantine, reposaient sur ses cuisses nues. Ses pieds, sagement serrés sous le banc à la manière de ceux d'une écolière, étaient chaussés d'une paire d'escarpins à talons hauts dont la blancheur vernie attirait l'attention et mettait en valeur la finesse des chevilles, le modelé des mollets.

Gérard se perdit dans la contemplation de cette silhouette admirable, oubliant l'espace d'un instant ses cartons de cierges, son diable, ses chinoiseries et la monotonie de son emploi de sacristain. Bientôt pourtant, il fut interrompu par le crachotement d'une radio, celle qu'il portait à la ceinture et dont sortait son nom.

– Surveillant pour sacristain... Gérard ?... Gérard, tu me reçois ?
– Oui, je t'entends. Qu'est-ce que tu veux ?
– Tu es passé voir ?
– Je suis devant.
– Elle est toujours là ?
– Toujours. Sage comme une image.
– Alors ?
– Tout à fait explosive... Tu avais raison.

Il replaça son talkie-walkie alors que le rire du surveillant y résonnait encore puis, comme à regret, acheva de nettoyer le rack à bougies. Déjà derrière lui une poignée de fidèles pénétraient dans le chœur. La messe de neuf heures allait bientôt y débuter. Il lui fallait préparer les accessoires liturgiques nécessaires. Ce matin-là, le père Kern officiait, et le père Kern ne tolérait aucun retard.

Un peu plus tard, il eut de nouveau l'occasion d'emprunter le déambulatoire. Un distributeur automatique de médailles estampillées *Ave Maria Gratia Plena* venait de s'enrayer et une corpulente touriste américaine torturait le bouton de retour de monnaie. Dans le chœur, la messe suivait son cours. De sa voix métallique et autoritaire, le père Kern prononçait l'homélie du jour, plongeant la cathédrale dans un silence respectueux. Tandis qu'il ouvrait le capot du distributeur de médailles et que les pièces bloquées tombaient une à une comme au fond d'une tirelire, Gérard risqua un regard vers la jeune femme vêtue de blanc. Elle était là, elle n'avait pas bougé, ses mains toujours serrées sur ses cuisses pâles et ses deux escarpins joints. À l'extérieur, le soleil montait droit dans l'axe de la chapelle et, traversant le vitrail de l'Orient, commençait à baigner le visage diaphane de la jeune femme d'un halo rouge et bleu digne d'une Madone de Raphaël. Immobile sur son banc réservé à la prière, protégée par un cordon qui l'isolait des visiteurs et lui donnait l'apparence d'une relique sacrée, elle fixait la statue de la Vierge des Sept Douleurs d'un regard étonnamment vide.

Gérard referma le distributeur de médailles, fit quelques pas incertains vers la jeune femme en blanc, mais déjà la touriste américaine l'avait devancé. Elle tira un billet de son sac à main et le glissa dans la fente du présentoir, puis elle prit quatre bougies qu'elle aligna sur le rack voisin avant de les allumer une à une. Leur clarté vacillante acheva d'éclairer le visage de la madone.

La touriste fit un signe de croix puis s'approcha du banc. Dans un murmure empreint d'un fort accent, elle demanda à la jeune femme en blanc s'il lui était possible de s'asseoir à ses côtés pour prier. Celle-ci ne daigna pas répondre, invariablement figée, le regard comme aimanté par la statue de Notre-Dame-des-Sept-Douleurs. L'Américaine, après avoir répété sa question sans davantage obtenir de réponse, finit par poser son séant sur le banc, dont le bois craqua légèrement sous l'effort. Alors, comme au ralenti, comme dans un cauchemar venu du plus profond de la nuit, la madone blanche hocha lentement la tête. Son menton vint se poser sur sa poitrine puis, en douceur, presque avec grâce, son corps entier bascula vers l'avant avant de s'effondrer sur le dallage à damier.

C'est alors que la grosse Américaine se mit à hurler.

*
* *

— Elle s'est sûrement cassé la gueule quand la rigidité cadavérique a commencé à s'estomper. Jusque-là, elle s'était tenue bien sage et bien raide sur son banc, ta cliente.

Le légiste retira l'un de ses gants en latex et se gratta la tête avant de reprendre.

— J'attends le proc ou je m'y mets tout de suite ?

En réponse à la question du médecin, Landard tira un paquet de gitanes de la poche de son blouson, en porta une à ses lèvres puis, regardant autour de lui, renonça momentanément à l'allumer.

— Laisse-lui le temps de traverser le parvis. C'est qu'elle a peut-être pas l'habitude de marcher, la petite chérie.

— On sait qui est de permanence ?

— On sait, oui. C'est la petite Mistinguett, là...

— Qui ça ?

— La petite blondinette à lunettes... Celle avec les guibolles plutôt bien carrossées...

— Kauffmann ?

— C'est ça, oui, Kauffmann...

— Mignonne, froide comme une lame et raide comme la Justice. Au Palais pas un de ces beaux parleurs n'a jamais pu la sortir boire un verre.

— Goudou, tu crois ?

— Sais pas trop. En tout cas elle connaît ses dossiers à fond. Et elle est rarement à la bourre.

Venus comme en écho à l'expertise du légiste, des bruits de pas rapides et haut perchés résonnèrent dans le déambulatoire. La jeune femme traversa le petit groupe de techniciens de l'identité judiciaire en combinaison blanche qui attendaient précisément l'arrivée de la magistrate pour se mettre au travail, puis elle se dirigea vers les bâches protégeant la scène de crime.

— Docteur... Commandant Landard... Claire Kauffmann, substitut. Comment c'est ?

Le médecin renfila son gant.

— Très propre, presque trop. On peut y aller tout de suite si vous voulez.

Le cadavre gisait sous l'éclairage agressif des projecteurs montés par l'équipe technique. D'un geste bref, Claire Kauffmann plaqua l'arrière de sa jupe sur ses cuisses puis s'accroupit près du corps. Son regard s'attarda aussitôt sur le cou de la morte.

— Strangulation ?

Le légiste s'agenouilla à son tour.

— Les marques sont assez nettes, oui. Elle a aussi la lèvre supérieure légèrement ouverte et porte des ecchymoses aux avant-bras, regardez. Le pompier qui l'a examinée le premier les a tout de suite remarquées. C'est lui qui a prévenu la police vers dix heures ce matin.

Le substitut se tourna vers Landard, resté en retrait.

— Ce n'est pas quelqu'un d'ici qui vous a appelé ?

— Ils ont cru à un malaise. En cas de malaise ils appellent les pompiers.

— On a une idée de son identité ?

— Pas de sac, pas de papiers, pas de portable. Rien de rien.

— Drôle de tenue pour une église. Un peu voyant. Voyant et court.
— Si toutes les gonzesses s'habillaient comme ça pour la messe, les églises de France seraient pleines à ras bord. Pleines de paroissiens, j'entends.
— Des paroissiens dans votre genre, commandant ?
Landard fourra les poings dans les poches de son blouson. La magistrate ne s'était pas même donné la peine d'un regard. Elle se détourna de l'officier dans un geste qui paraissait définitif et se rapprocha du légiste.
— L'heure de la mort, docteur ?
— Je lui prends sa température et je vous dis ça tout de suite, madame le procureur.
Laissant le médecin à son thermomètre, Claire Kauffmann et le commandant Landard repassèrent dans le déambulatoire où les attendait le lieutenant Gombrowicz. N'y tenant plus, Landard finit par sortir un briquet jetable qu'il agita avant d'allumer la cigarette qui traînait encore entre ses lèvres. Il inspira profondément, fit ressortir la fumée par ses narines puis interrogea Gombrowicz du regard. Celui-ci tira un carnet de la poche arrière de son jean et en déchiffra les premières pages où se disputaient les mots, les points d'interrogation, les croquis enfantins et les ratures.
— Voilà le topo : ce matin, un peu avant dix heures, la fille qui était assise sur un banc réservé à la prière s'est tout à coup étalée sur le carrelage. La cathédrale a fait prévenir les pompiers qui sont arrivés dans les cinq minutes et ont constaté le décès.
Claire Kauffmann coupa Gombrowicz.
— La cathédrale, en l'occurrence, c'est qui ?
— En l'occurrence, c'est eux là-bas.
Le jeune lieutenant s'était tourné vers un petit groupe patientant à l'autre bout du déambulatoire, au niveau de

l'entrée de la sacristie : deux prêtres, dont un encore en habit de messe, encadraient un homme en chemisette bleu clair. Gombrowicz fit signe à ce dernier d'approcher.

– C'est le sacristain qui a ramassé la morte.

Gérard dut décliner son identité et sa fonction, puis répondre aux questions en rafale de la substitut.

– C'est vous qui avez trouvé la victime ce matin ?
– C'est ça.
– Quand elle est tombée par terre ?
– C'est ça.
– Et c'est vous qui avez prévenu les pompiers ?
– Non, c'est le père Kern, là-bas.
– Le père Kern, c'est le grand chauve ou le petit brun ?
– Le petit brun. C'est lui qui disait la messe quand la fille en blanc est tombée de son banc. Une touriste américaine s'est mise à hurler alors le père Kern est sorti du chœur pour voir ce qui se passait.
– Et cette jeune femme en blanc, vous l'aviez déjà remarquée ?
– Elle était là depuis un petit moment.
– Elle avait attiré votre attention ?

Gérard fourra les mains dans ses poches et baissa la tête.

– C'est-à-dire qu'elle était habillée... Comment dirais-je ?
– De manière provocante ? C'est ça ?
– On peut dire ça, oui. En même temps, il passe pas mal de minijupes ici en été. Ça fait longtemps qu'on a renoncé à leur faire la chasse. Si on devait refuser l'entrée de l'église à toutes les nanas court vêtues, on y passerait nos journées.
– Je vois.

— Parfois y en a certaines qui se pointent en haut de Bikini. Celles-là on les renvoie se rhabiller. Y a des limites à tout, même par forte chaleur.

— Bien sûr. Il ne s'agirait pas qu'un des paroissiens du commandant Landard attrape un méchant coup de chaud en plein milieu de la cathédrale, pas vrai ?...

Le sacristain adressa un regard interrogateur à Landard. La magistrate poursuivit.

— La jeune femme en blanc, vous l'avez vue entrer ? Ou s'asseoir sur le banc ?

— Non.

— Est-ce qu'à votre connaissance quelqu'un parmi le personnel de la cathédrale l'a vue entrer ou s'asseoir ? Peut-être était-elle accompagnée ?

— Je ne sais pas.

Gombrowicz compléta.

— Le surveillant de service m'a dit l'avoir repérée lui aussi. Il ne l'a pas vue entrer non plus, ni seule, ni accompagnée.

— Et vous pensez qu'elle était assise là depuis longtemps ?

Le sacristain parut embarrassé.

— Je suppose depuis un petit moment.

— Vous pourriez être un peu plus précis ?

— Début de matinée. Un peu après l'ouverture, je dirais.

— Et la cathédrale ouvre à quelle heure ?

— À huit heures.

— Je vous demande pardon ?

— Tous les jours de l'année la cathédrale ouvre à huit heures. Pourquoi ?

— Vous voulez dire que cette pauvre fille est restée près de deux heures les yeux grands ouverts, sur ce banc au milieu des touristes et des employés, sans que personne ne remarque qu'elle était morte ?

– C'est bien possible.

– C'est bien possible ? Comment ça, c'est bien possible ?

– Vous savez, mademoiselle, en moyenne on a plus de cinquante mille visiteurs par jour ici. On ne peut pas mettre un surveillant derrière chaque touriste.

– Évidemment. Trop occupés à faire la chasse aux Bikini. Pourtant celle-ci était en minijupe, vous auriez dû la remarquer.

À nouveau, le sacristain croisa le regard du commandant de police. Claire Kauffmann renvoya Gérard vers sa sacristie en lui demandant de se tenir à la disposition de la Justice. Puis elle se tourna vers les deux officiers.

– Et la touriste ? L'Américaine ? Où est-elle ? On peut lui parler ?

Landard achevait sa cigarette, l'air un peu lointain. Gombrowicz, qui suivait le contour d'une dalle noire du bout du pied, finit par répondre à la magistrate.

– Elle est partie.

– Partie ? Comment, partie ?

– La cathédrale a fait évacuer touristes et fidèles juste après l'arrivée des pompiers. Apparemment l'Américaine est partie avec l'eau du bain.

La substitut haussa le ton.

– La cathédrale ? Décidément... Mais c'est qui, la cathédrale ?

– La cathédrale, c'est moi.

Parmi les deux prêtres qui se tenaient à quelques mètres de là, c'était le plus grand et le plus âgé des deux qui venait de s'exprimer. Le vieil homme au crâne dégarni s'avança vers Claire Kauffmann avec raideur, vêtu d'un élégant complet noir que seul le col romain éclairait d'une tache blanche. Arrivé près de la jeune substitut qu'il dominait de trente bons centimètres, il pencha vers elle un visage d'une maigreur ascétique, aux joues couvertes d'une barbe argentée taillée avec soin.

– Je suis monseigneur de Bracy, recteur de la cathédrale Notre-Dame de Paris. À qui ai-je l'honneur, mademoiselle ?

Le substitut déclina son nom et sa fonction. Le prélat parut surpris d'avoir affaire à une magistrate d'apparence aussi juvénile.

– Mademoiselle, j'en ai déjà fait la demande auprès de ces messieurs de la police que nous apprécions d'ailleurs beaucoup, je vous saurais gré de me tenir informé de l'évolution de l'enquête pour ainsi dire en temps réel. Notre cardinal-archevêque est actuellement en déplacement aux Philippines, je l'ai joint ce matin et l'ai mis au courant de ce regrettable accident...

– Monsieur, nous parlons d'un homicide, pas d'un accident.

– Monseigneur.

– Quant à l'enquête, monseigneur, vous y avez déjà mis votre grain de sel en faisant évacuer des centaines de témoins potentiels avant même l'arrivée des enquêteurs...

Le prélat se renfrogna.

– Mademoiselle, il passe en moyenne à Notre-Dame plus de cinquante mille visiteurs par jour. Ayant été averti qu'une personne décédée se trouvait dans l'enceinte de la cathédrale, j'ai jugé bon de ne pas l'offrir en spectacle à une horde d'Asiatiques armés de caméras et d'appareils photographiques. Ce lieu, mademoiselle, est un lieu de prière et de recueillement. Certes, il est aussi un monument touristique ;

croyez-moi, nous déplorons parfois cet état de fait. En revanche, ce qu'il n'est certainement pas, et ce qu'il ne sera jamais, c'est une scène de spectacle macabre à exhiber ensuite sur Internet. Jeune fille, j'aimerais vous faire comprendre que l'endroit dans lequel vous vous trouvez n'est pas un simple terrain vague où l'on aurait découvert le corps d'un toxicomane ou bien d'une prostituée. Nous sommes-nous bien compris ?

Claire Kauffmann, les yeux levés vers le prélat, peinait à desserrer les lèvres. Constatant qu'il avait atteint son but, le vieillard parut quelque peu s'adoucir.

— Vous aurez l'amabilité de me communiquer le nom du juge d'instruction dès qu'il sera saisi.

Il se tourna vers Landard et Gombrowicz, à qui il tendit une main ferme mais chaleureuse.

— Au revoir, messieurs. Je compte sur vous pour permettre une réouverture rapide de la cathédrale et, dans la mesure du possible, pour maintenir les journalistes à distance. La cathédrale fait déjà l'objet de suffisamment d'attaques pour ne pas être une fois de plus livrée en pâture à cette frange de la presse qui nous est hostile. Bien entendu, je reste à votre entière disposition pour les besoins de l'enquête et je ferai tout mon possible pour vous faciliter la tâche. Bonne chance, commandant. Vous serez assez aimable pour vous abstenir de fumer à l'intérieur de la cathédrale.

Le père de Bracy se retira à grands pas comme il était venu, avec raideur et dignité, bientôt suivi par le père Kern qui l'avait attendu à l'entrée de la sacristie. Landard retira le mégot de sa bouche et alla le noyer dans un bénitier tout proche. Gombrowicz le rejoignit, le sourire aux lèvres.

— Tu as vu comme il l'a remise à sa place, la petite proc ?

Landard tira son paquet et alluma aussitôt une nouvelle cigarette.

— Qu'est-ce que t'en penses, toi, du vieux ?

— On dirait un peu cet acteur, le grand, là, celui qui jouait dans des westerns...

— John Wayne ?

— C'est ça, John Wayne.

— Si tu veux. John Wayne en soutane. Avec une barbe et sans cheveux.

— Mon cousin a un dogue allemand de quinze ans qui lui ressemble comme deux gouttes d'eau.

— Ton cousin ? Celui qui traficote des bagnoles vers la porte de Bagnolet ?

— C'est ça.

— Tu vas à la messe, des fois, Gombrowicz ?

— Moi ? Non, pourquoi ?

Le légiste venait de réapparaître. Il s'approcha de la substitut et convoqua d'un geste les deux officiers de police, un air perplexe sur le visage.

— À vue de nez, c'est entre vingt-deux heures et minuit que ça s'est passé. Il est possible qu'elle ait été déplacée après le décès, je trouve le corps encore assez rigide.

— Elle aurait été tuée ailleurs puis déposée ici ?

— Tuée ailleurs ou tuée ici, je ne suis pas encore sûr. J'espère pouvoir vous en dire plus après l'autopsie, madame le procureur.

— Dans tous les cas, elle aurait passé la nuit sur ce banc ?

— C'est l'hypothèse la plus plausible.

La magistrate se tourna vers Gombrowicz.

— Il y a un gardien ici ?

Le jeune lieutenant consulta ses notes avant de répondre.

— Il loge au rez-de-chaussée du presbytère. Rien vu rien entendu. Il a dormi comme un loir.

— Il ne fait pas de rondes à l'intérieur ? La nuit, je veux dire.

— Jamais.

— Pourquoi ? Vous avez posé la question ?

— Absolument, madame le procureur.

— Et ?

— Pour quoi faire, puisque la nuit la cathédrale est fermée ? C'est ce qu'on m'a répondu, madame le procureur.

— Je vois. Et ce matin personne n'a rien remarqué au moment de l'ouverture ? Le surveillant de service, le sacristain, les prêtres, sans compter les centaines de touristes qui lui sont passés devant pendant deux heures sans voir qu'elle était morte ?

— Des centaines ? Je dirais plutôt des milliers. J'ai noté quelque part qu'il défilait en moyenne dans cette cathédrale... Attendez voir...

— Oui je sais, lieutenant, cinquante mille visiteurs par jour. Bon. Commandant Landard, vous partez sur l'enquête de flagrance. On diffuse la photo de la victime dans la presse. Tenez-moi au courant quand vous aurez du neuf sur son identité. Docteur, vous vous occupez de la levée du corps ? Je vous laisse, messieurs, je dois être au Palais dans moins de cinq minutes.

Le médecin avait de nouveau ôté son gant et se grattait la tête.

— Autre chose, docteur ?

— Oui, madame le procureur... En lui prenant la température tout à l'heure, j'ai noté un détail qui... À vrai dire, c'est bien plus qu'un détail.

– Ne me dites pas qu'elle a subi des abus sexuels ? Ici ? En pleine cathédrale ?
– D'une certaine manière ce serait plutôt le contraire…
– C'est-à-dire ?
– Voyez-vous, madame le procureur, l'entrée du vagin est recouverte de cire.
– Redites-moi ça, docteur…
– On lui a bouché le sexe post mortem à la cire chaude. Et pour être tout à fait précis, madame le procureur : à la cire de cierge.

*
* *

Landard avait faim. Landard s'ennuyait. Les scènes de crime l'emmerdaient au plus haut point, avec leurs cohortes de techniciens et de photographes en combinaison immaculée. Il fallait s'abstenir de fumer, s'abstenir de marcher, s'abstenir de tousser, s'abstenir presque de respirer. Depuis vingt-deux ans qu'il appartenait à la Brigade criminelle, il avait eu le temps d'observer et d'apprendre. Pour les cas faciles, oui, les blouses blanches s'avéraient utiles. Parfois le travail des enquêteurs se limitait à attendre les résultats d'analyses des scènes de crime ou des autopsies. Un cheveu, une empreinte, une trace ADN et l'affaire était bouclée. Le juge avait sa preuve, le juge était ravi ; les familles des victimes aussi, à qui la science avait fourni la preuve irréfutable qui leur permettrait, le coupable une fois sous clé, de faire leur deuil devant les caméras de télévision. Les enquêteurs, les vrais, ceux qui mouillaient leur chemise sur le terrain, pouvaient rentrer chez eux sans même avoir dégainé leur pétard, façon de parler bien entendu. Le métier se perdait.

Dans la matinée, trois autres officiers de la Crim', trois petits lieutenants faits dans le même moule que Gombrowicz, avaient débarqué en soutien depuis les bureaux du Quai. Moins de cinq minutes à pied. Une véritable enquête de voisinage. Il fallait interroger tout le personnel, tous les intervenants de la cathédrale avant de les libérer pour le restant de la journée. Sacristains, surveillants, gardien des clés, femmes de ménage, techniciens d'entretien, imprimeur, vendeuses de cartes postales et de chapelets, loueurs d'audioguides, conférenciers bénévoles, organistes, chanteurs de la maîtrise, clercs et, bien entendu, curés.

Après le départ de la substitut, Landard délégua à Gombrowicz la gestion des interrogatoires puis il repassa voir le cadavre. Toujours étalée sur le dallage, la pauvre fille se faisait tirer le portrait sous tous les angles. Si elle avait su, aurait-elle mis la veille une robe si courte ?

Le légiste lui assura que la levée du corps se ferait dans les meilleurs délais. L'enquête, la vraie, commencerait en fin d'après-midi, après le départ des combinaisons blanches et le premier déblayage effectué par Gombrowicz. Landard regarda sa montre : midi moins dix ; il avait deux bonnes heures pour déjeuner.

Une fois dehors il prit sur sa gauche, laissant derrière lui l'immense file de visiteurs qui s'était formée devant les grilles désormais closes de la cathédrale et serpentait à présent sur toute la largeur du parvis. Lundi 16 août. La saison touristique battait son plein. Ils pouvaient toujours attendre, le monument ne rouvrirait au mieux que le lendemain. Pour l'heure, la cathédrale avait troqué ses cinquante mille visiteurs quotidiens, ses prêtres, ses messes et ses concerts d'orgue contre une équipe de flics du quai des Orfèvres.

Il traversa le pont Marie et entra dans la première brasserie, s'assit à l'intérieur malgré la chaleur, à une table qui offrait une vue imprenable sur Notre-Dame. Il commanda un tartare-frites accompagné d'une bière, puis se cala dans son fauteuil, mains croisées sur son ventre qu'il avait rond.

Landard pensait.

D'abord, tomber sur un substitut un tantinet envahissant et plein d'initiative avait parfois du bon. Ce matin par exemple, cela avait permis à l'officier, tandis que la petite Kauffmann s'accroupissait près du cadavre, de lui reluquer les cuisses en toute quiétude, les mains dans les poches et la clope au bec.

Landard commanda une deuxième bière.

Ensuite, tomber sur un cadavre de l'acabit de la jeune mignonne encore étalée, à cette heure-ci, sur le carrelage de Notre-Dame n'était pas la pire façon de démarrer une journée pour un briscard de la BC. Il en avait vu des horreurs tout au long de sa carrière, à toute heure du jour ou de la nuit. La chair humaine, il l'avait observée sous bien des aspects : putréfiée, brûlée, tronçonnée, noyée, saignée à blanc, criblée de balles, explosée à la batte de base-ball ou à la barre de fer, dissoute à l'acide, lacérée au rasoir, bouffée par les chiens ou les rats, pulvérisée par les roues d'un train ou d'un RER...

Le serveur apporta le tartare et Landard en profita pour commander une troisième bière.

La morte de Notre-Dame, avec sa robe proprette et ses cuisses à l'air, avait quelque chose d'excitant, sexuellement bien sûr – ce sentiment-là, nauséabond et néanmoins irrépressible, il l'avait partagé avec tous les hommes qui l'avaient vue ou prise en photo au cours de la matinée, y compris les curés, cela il en était persuadé –, mais aussi moralement. Cette petite si jolie, si charmante, dans ce trépas tranquille qui lui donnait un air de jeune dormeuse, avait un je ne sais quoi de stimulant, comme si sa mort devait faire naître chez tout bon flic qui se respecte l'envie de se changer en justicier et de couper les couilles au salaud qui avait osé buter une telle beauté.

Le serveur remporta l'assiette soigneusement nettoyée de l'officier. Landard fit l'impasse sur la carte des desserts mais commanda un café accompagné d'un calva.

Enfin, tomber sur un meurtrier à l'évidence totalement illuminé mais cependant discret, intelligent et organisé avait quelque chose d'éminemment réjouissant du point de vue intellectuel. Car il avait fallu le vouloir à tout prix pour mettre en scène cette mort digne d'un thriller ésotérique : une victime vêtue de blanc, belle comme le jour, retrouvée dans le sanctuaire de la Vierge sans que l'on sache quand ni comment on l'y avait mise, un hymen de cire reconstitué entre les cuisses.

Un prêcheur… Landard avait affaire à un prêcheur… Un tueur désireux de refaire une virginité à toutes les filles court vêtues de Paris, et qui avait organisé sa petite mise en scène pour marquer les esprits. Landard en avait maintenant la conviction, l'assassin reviendrait sur le lieu de son crime. Il ne pourrait s'en empêcher, trop désireux de constater les effets de son premier sermon sur les esprits.

Vers deux heures et quart, satisfait de sa séance de travail, Landard demanda l'addition et descendit pisser.

*
* *

La cathédrale avait un air d'immense commissariat où circulaient flics en civil, en uniforme, en combinaison. Laissant les techniciens travailler dans le déambulatoire, Gombrowicz et ses trois enquêteurs s'étaient approprié la nef, la divisant en quatre zones qu'ils avaient transformées, pour ainsi dire, en autant de bureaux d'interrogatoire. Au fond de l'église, réparti sur les rangées de chaises habituellement réservées aux fidèles, le personnel de Notre-Dame au grand complet attendait. Un par un, chaque employé, chaque prêtre, chaque bénévole se voyait convoqué par l'un des policiers pour être interrogé sur les événements du matin, ou sur tout autre épisode possiblement en rapport avec le meurtre de la mystérieuse fille en blanc. De loin, les fesses ainsi posées sur le bord extrême de l'assise en paille, la voix noyée dans un murmure et le buste penché vers ces hommes qui semblaient les écouter religieusement, on aurait pu les croire à confesse, à la différence près qu'ils ne se confiaient pas à un prêtre mais à un officier de police judiciaire.

À son retour, Landard trouva le lieutenant Gombrowicz dans un état d'excitation certain, à tel point qu'il se demanda si son jeune subalterne n'avait pas quelque peu picolé.

– Je crois qu'on avance. À grands pas. Apparemment ça se serait joué hier après-midi. On a des témoignages concordants dans tous les sens.

Landard alluma sa énième gitane et souffla la fumée vers les hautes voûtes de la nef. Les volutes s'enroulèrent sur elles-mêmes avant de se dissoudre dans l'air imprégné d'encens.

– Raconte-moi ça, Gombrowicz. Je suis tout ouïe.

La veille, un incident avait perturbé les cérémonies

de l'Assomption, en pleine procession mariale, tandis qu'une file ininterrompue de dix mille fidèles s'étirait sous un soleil de plomb entre les îles Saint-Louis et de la Cité, et que des haut-parleurs montés sur quatre camionnettes de location diffusaient à pleine puissance des chapelets d'*Ave Maria*. Une altercation, courte mais violente, avait opposé un habitué de la cathédrale à une inconnue vêtue de blanc. En tête de procession, à quelques mètres à peine de la statue en argent de la Vierge portée par six chevaliers du Saint-Sépulcre, sous les yeux incrédules de l'évêque auxiliaire monseigneur Rieux Le Molay, des prêtres de Notre-Dame et de nombreux témoins, un garçon d'apparence juvénile, aux cheveux blonds bouclés, avait tenté d'exclure la jeune femme du cortège, la repoussant sur le trottoir, brandissant un crucifix, finissant par s'en servir comme d'une arme pour essayer de la frapper au visage. L'un des surveillants de la cathédrale, Mourad, était intervenu pour les séparer, relevant la victime et renvoyant sans ménagement l'agresseur en queue de cortège.

Landard écrasa sa cigarette dans le plus proche bénitier et s'éclaircit la voix. C'était son tour d'entrer en scène.

– Ton évêque auxiliaire, là, celui d'hier...
– Rieux Le Molay ?
– On peut le voir ?
– Il est parti.
– Où ça ?
– À Lourdes.
– Depuis quand ?
– Ce matin. Il a pris un train de bonne heure.
– Le cardinal chez les bridés et l'évêque à Lourdes. Décidément tous les patrons se font la malle, ici.

— Tu m'étonnes. Ils ont laissé la boutique et les emmerdements au vieux recteur.

— Et ce Mourad, il est reparti au bled, lui aussi ?

D'un signe vers le premier rang des employés, Gombrowicz convoqua un homme bâti comme une armoire à glace, qui portait un blazer fatigué, un pantalon de laine trop épais pour la saison et, passé à la ceinture, un mousqueton sur lequel cliquetaient vingt clés au bas mot.

— C'est toi, Mourad ?

— Oui monsieur.

— Tu étais là ce matin ?

— Non, monsieur, j'ai pris mon service à midi trente parce que hier soir j'ai fini tard.

— Et quand tu es arrivé aujourd'hui, qu'est-ce qu'on t'a dit ?

— J'étais surpris parce que la cathédrale était fermée. Je me suis dit : « Mourad, il y a eu un problème. » J'ai appelé mon collègue du matin. Il était encore à l'intérieur alors que normalement il aurait dû prendre sa pause-déjeuner. C'est lui, avec un policier, qui m'a fait rentrer.

— On t'a dit ce qui s'est passé ?

— On m'a dit qu'on a trouvé une fille au fond de la cathédrale.

— Dis-moi, Mourad, tu travaillais aussi hier, alors ?

— Oui, monsieur. Douze heures trente vingt-deux heures trente.

— Et comment s'est passée la journée ?

— Hier ?

— Hier. Essaie de me raconter en détail.

— Le 15 août, avec Noël, c'est la journée la plus compliquée de l'année. À douze heures quarante-cinq il y a la messe de l'Assomption, à quinze heures quarante-cinq les vêpres de l'Assomption, à seize heures dix on démarre la procession de l'Assomption, on fait sortir la grande statue en argent de la Vierge et tout le monde doit suivre. Les prêtres, les fidèles, les touristes, tout le monde. Il ne doit plus rester personne dans la cathédrale. On doit toujours négocier avec les petites vieilles qui veulent rester attendre à l'intérieur mais nous on suit les consignes du recteur : plus personne dans la cathédrale avant le retour de la procession vers dix-huit heures. Quand tout le monde est sorti, on ferme les grilles avec les collègues surveillants et on rejoint le cortège.

– Tu étais à quel niveau, toi, dans le cortège ?
– En tête. On me met toujours en tête, avec l'évêque, les prêtres et la statue de la Vierge.
– Pourquoi toi ?
– Parce que je suis le plus costaud de tous les surveillants. En général, quand il y a des problèmes, c'est en tête de cortège que ça se passe.
– Et quel genre de problème il pourrait y avoir, Mourad ?
– Je ne sais pas, moi. Quelqu'un pourrait s'attaquer à l'évêque ou à la statue de la Vierge.
– Tu crois ? Mais qui voudrait faire ça ?
– Je ne sais pas, moi. Les gens d'Act Up par exemple.
– Act Up ? Les pédés ?
– Je dis ça, je vous donne un exemple. Il y a peut-être dix jours, ils ont fait un genre d'action commando à l'intérieur de la cathédrale, pour protester contre ce que dit le pape sur les capotes. Ils ont mis des banderoles, essayé de s'enchaîner aux grilles à l'entrée… C'était assez musclé. Il y avait des journalistes, des caméras, la télé…
– Sacré bordel, quoi…

– Oh là !

– Et dis-moi, Mourad, hier après-midi pendant la procession, t'as pas eu un petit problème, justement ?

– Une bagarre, oui. Chaque année on en a une ou deux. D'habitude, c'est les vieilles qui se battent pour rentrer les premières dans la cathédrale après la procession.

– Elles sont très pieuses, les vieilles ?

– Surtout, elles veulent une place assise à l'intérieur.

– Mais la bagarre d'hier, c'étaient pas des vieilles.

– Non, c'étaient des jeunes.

– Alors raconte-moi, Mourad, qu'est-ce qui s'est passé exactement ?

– Ce garçon, on le connaît bien, depuis des mois qu'il vient ici. Il est un peu, comment je dirais...

– Un peu bizarre, quoi...

– C'est ça, un peu bizarre. Parfois on a l'impression que la Vierge Marie, il la prend pour sa sœur, vous voyez, ou pour sa mère.

– On voit bien, oui.

– Il prie et il pleure à ses pieds, il s'allonge sur le carrelage, il la prend en photo, il essaie de la toucher, il lui offre des fleurs... Tous les soirs à la fermeture, c'est la même histoire. Il refuse de partir, il veut rester dormir avec la Vierge au pilier.

– La Vierge au pilier, c'est laquelle ?

– C'est la statue là-bas sur la droite du podium. C'est elle qui est imprimée partout, sur les cartes postales, sur les guides touristiques, sur les bougies...

– Sur les bougies aussi ?

– Oui, oui, sur les bougies, regardez.

Mourad alla chercher une bougie dans l'un des présentoirs.

– Et alors ce jeune tout amoureux de la Vierge

Marie, en pleine procession, il se met à vouloir casser la gueule à qui ?

— À cette fille en blanc qui marchait à côté.

— À côté de qui, Mourad ?

— Mais à côté de la statue de la Vierge. Elle marchait là depuis le début de la procession. À côté, devant... Au bout d'un moment, c'est vrai qu'elle commençait à déranger tout le monde.

— C'est qui, tout le monde ?

— L'évêque auxiliaire, les prêtres, les chevaliers... Tout le monde, quoi.

— C'est qui, déjà, les chevaliers ?

— Les chevaliers du Saint-Sépulcre, ceux qui portent la statue en argent de la Vierge sur son brancard. Elle doit bien faire deux cents kilos, vous comprenez.

— Et pourquoi est-ce que cette fille les aurait dérangés, tes chevaliers ?

— Parce qu'elle était très belle et que sa robe était très courte. À un moment, le Grand Schtroumpf m'a même demandé d'aller lui parler.

— C'est qui, le Grand Schtroumpf ?

— Le recteur. C'est comme ça qu'on l'appelle entre nous, mais ne le répétez pas.

— Alors c'est le Grand Schtroumpf en personne qui t'a dit d'aller voir la petite en mini pour lui demander de processionner plus loin, parce que les chevaliers, les curés et l'évêque auxiliaire, ils commençaient à transpirer à grosses gouttes. C'est ça ?

Pour toute réponse Mourad renvoya un sourire.

— Et alors, qu'est-ce qu'elle a répondu, la petite ?

— Mais j'ai pas pu lui parler, moi, parce que l'autre lui est tombé dessus. Et vas-y que je commence à t'attraper par les cheveux, à te secouer, à te traiter de prostituée, de catin, de Babylone et de tout un tas de trucs... Qu'il faut laisser la Vierge Marie tranquille, qu'il faut prendre exemple sur elle, qu'elle est la femme entre toutes les femmes...

– Et toi Mourad, t'as fait quoi à ce moment-là ?

– J'ai pris le gamin par le col et je l'ai plaqué à terre sous mon genou. Ensuite, j'ai demandé à la fille si ça allait, si elle voulait que j'appelle la police, parce qu'elle saignait un peu à la lèvre.

– Et alors ?

– Alors elle voulait pas appeler la police. Elle m'a dit : « Et toi qu'est-ce que tu fais là, pourquoi tu travailles chez ces gens-là ? »

– Qu'est-ce qu'elle voulait dire par là, Mourad ?

– J'en sais rien, moi.

Gombrowicz s'agitait depuis un moment déjà, depuis que Mourad avait commencé le récit de l'agression.

– Dites-lui, Mourad, dites-lui ce que vous m'avez raconté tout à l'heure. La fille, elle parlait quelle langue ?

– Avec moi ? Mais elle parlait arabe, bien sûr.

Landard pouffa.

– T'as raison, Mourad, qu'est-ce que vous auriez bien pu parler d'autre, elle et toi. Après tout on est en France ici. Et ensuite ?

– Ensuite, j'ai dit au petit jeune que je voulais plus le voir de la journée. Lui, il est parti en courant en me disant que c'était le monde à l'envers, en me disant de rentrer chez moi.

– Et qu'est-ce qu'il voulait dire par là, à ton avis, Mourad ?

Mourad plongea son regard dans celui de Landard.

– Vous savez très bien ce qu'il voulait dire, inspecteur.

Landard fouilla dans la poche de son blouson mais n'y trouva qu'un paquet bleu foncé vide et froissé.

– OK, Mourad. Et ensuite, qu'est-ce qui s'est passé ?
– Ensuite, la procession est rentrée dans la cathédrale pour la messe solennelle.
– Et la fille en blanc, elle était à la messe solennelle ?
– Au premier rang, les jambes croisées.
– Bon. Et ensuite ?
– Ensuite, à la fin de la messe, vers vingt heures, on a vidé la cathédrale le temps d'installer le tulle.
– Le tulle ?
– Les soirs d'été, on tend un tulle géant dans le transept, parce qu'à vingt et une heures trente, on rouvre la cathédrale pour *Réjouis-toi Marie*.
– C'est quoi, ça, *Réjouis-toi Marie* ?
– Un film sur l'Assomption.
– Évidemment, quelle question... Alors à neuf heures et demie, vous avez rouvert les portes encore une fois et les gens sont rentrés comme au cinéma.
– C'est ça.
– Et à quelle heure ça s'est terminé, *Réjouis-toi Marie* ?
– Le film dure quarante-cinq minutes. À vingt-deux heures trente, on a de nouveau sorti tout le monde.
– Et la fille en blanc, elle était là aussi pour *Réjouis-toi Marie* ?
– Je pourrais pas vous dire.
– Tu ne l'as pas vue ?
– Non.
– Après la messe, tu ne l'as plus revue de la soirée ?
– Non.
– Et il y avait du monde hier soir à *Réjouis-toi Marie* ?
– C'était plein. Plus de mille personnes.
– Comment vous faites, à l'intérieur ? C'est comme au cinéma ? Vous baissez les lumières ?

— On garde juste les veilleuses allumées à l'entrée. Les veilleuses et les cierges.

— Et les gens peuvent sortir et rentrer comme ils veulent ?

— Comme ils veulent, oui.

— Et vous n'avez jamais de problèmes ?

— Quel genre ?

— Je ne sais pas, moi, des couples qui baisouillent dans les coins, des petits jeunes qui cherchent à se faire enfermer la nuit dans la cathédrale pour aller pisser dans les bénitiers…

— C'est très rare. De toute manière, après la fermeture, on fait la ronde pour tout bien vérifier.

— C'est du boulot tout ça, Mourad.

— Je vous l'ai dit, avec Noël c'est la journée la plus dure de l'année.

— À cause de la foule ?

— La foule, les fous, les folles…

— Et dis-moi, t'habites où, toi, Mourad ?

— Garges-lès-Gonesse. Pourquoi ?

— Ça fait une trotte, ça, pour rentrer chez soi.

— Je prends le RER D à Châtelet. Ensuite le bus. Ensuite un bout à pied.

— T'as encore des bus à Gonesse quand tu fais la fermeture ici ?

— En général je rate le dernier.

— Alors comment tu fais ?

— À pied.

— Tu marches tout le bout depuis ta gare RER ?

— Faut bien.

— T'as pas de voiture ?

— Pas les moyens.

— Si tu pars d'ici vers dix heures et demie onze heures, ça te fait arriver chez toi à quelle heure ?

Le surveillant ne répondait pas.

— Dis-moi Mourad, ta ronde, t'es sûr que tu l'as bien faite hier soir ?

— Qu'est-ce que ça veut dire, ça, inspecteur ?

— T'énerve pas, Mourad, je te pose juste la question. Après une longue journée comme celle-là, tu devais avoir envie de rentrer dormir, non ? Moi, je me mets à ta place. Si j'avais eu moyen de choper mon RER un quart d'heure plus tôt en évitant de faire ma ronde, crois-moi, j'aurais pas hésité. Le dernier bus à Gonesse c'est sacré, putain !

— J'ai fait ma ronde hier soir, inspecteur, comme tous les soirs où je fais la fermeture. Vous avez encore d'autres questions ou bien je peux m'en aller ?

— Tu peux rentrer chez toi.

— La fille qu'on a retrouvée ce matin, c'est elle ? C'est la fille en blanc qui s'est fait cogner hier ?

— T'as tout compris, Mourad. Tu devrais rentrer dans la police.

Le surveillant s'éloigna, le cliquetis de son porte-clés rythmant encore ses pas bien après que Landard l'eut perdu de vue derrière un pilier.

— T'as pas une pipe, Gombrowicz ?

Gombrowicz tira un paquet de Camel Lights de la poche de son jean et le tendit à Landard. Celui-ci en tira une cigarette en grimaçant, la porta à ses lèvres, puis agita son briquet un long moment sans parvenir cette fois à l'allumer.

— T'as pas du feu, Gombrowicz ?

— Non. T'as qu'à utiliser un cierge.

Landard s'approcha d'un rack, saisit une bougie allumée sur laquelle était imprimée l'image de la Vierge au pilier, tira longuement sur sa cigarette. Il demeura perdu dans ses pensées au milieu du nuage de fumée qui allait s'épaississant. Battant soudain l'air de sa main comme pour s'éclaircir les idées, il se tourna vers Gombrowicz.

– Dis donc, Gombrowicz... Combien tu paries qu'il a pas fait sa ronde hier soir, le Mourad ?

*
* *

Le père Kern rentrait chez lui, la tête bourdonnante et le corps fatigué. Sur le parvis, au milieu des touristes désœuvrés, des vendeurs de tours Eiffel et des mendiantes roms, celle que les surveillants et les sacristains surnommaient madame Pipi paraissait somnoler sur un banc à l'ombre de la statue équestre de Charlemagne. Un peu plus tôt dans la matinée, elle avait été aspirée au-dehors dans le mouvement d'évacuation générale ordonné par le recteur de la cathédrale. Tandis que son esprit restait absorbé par l'image de la jeune morte allongée sur le dallage, Kern avait distraitement suivi des yeux l'absurde chapeau fleuri de la vieille excentrique. Il l'avait vu surnager tant bien que mal au-dessus du flot bruyant de visiteurs poussés vers la sortie de secours, ballotté comme un fétu de paille, tentant désespérément de remonter à contre-courant, perdant quelques coquelicots en plastique au passage, finissant par disparaître dans l'entonnoir tourbillonnant de la porte du Jugement-Dernier.

Elle sembla miraculeusement s'éveiller de sa sieste lorsque le prêtre passa à sa hauteur. Elle lui adressa un regard inquiet, comme d'habitude à la limite de la panique, et lui fit signe d'un geste mal assuré. Kern lui rendit son salut et pressa le pas. Pas aujourd'hui. Pas maintenant. Cette fois il faudrait qu'elle patiente avant de pouvoir lui faire le récit de ses visions apocalyptiques, de ses délires paranoïaques, des attaques sataniques dont elle avait été le témoin privilégié, mais aussi des éblouissantes ripostes dont la Vierge seule semblait avoir le secret. Kern ignorait quel parcours chaotique avait bien pu mener madame Pipi jusqu'à cette immuable chaise de Notre-Dame, à trois ou quatre mètres de la Vierge au pilier, où chaque matin elle venait déposer ses angoisses. Quelles souffrances avait-elle bien pu traverser pour chercher comme une drogue quotidienne le regard bienveillant de la madone de marbre ? Parmi le personnel de la cathédrale on ne savait rien, ou pas grand-chose, de la vieille dame au chapeau fleuri. On ignorait jusqu'à son nom. Très peu de prêtres l'avaient reçue en confession. Pour seules informations sur son compte, on avait retenu une jeunesse marquée par un père violent, la peur comme compagne de route permanente, puis la solitude, puis tout doucement le basculement vers une sorte d'enfermement mental, une dépendance de plus en plus totale à l'égard de la chose religieuse, un mutisme de plus en plus imperméable aussi, dont elle semblait en permanence sur le point de sortir sans jamais y parvenir, en somme pas de quoi prononcer ce mot honni – folie – dont certains habitués de la cathédrale semblaient parfois côtoyer les frontières.

Depuis onze ans qu'il délaissait chaque été sa paroisse de Poissy pour assurer les remplacements du mois d'août à Notre-Dame, le père Kern avait eu le temps de se familiariser avec ces égarés de la cathédrale. Vue sous cet aspect, elle n'avait probablement guère changé depuis le Moyen Âge : ses portes restaient ouvertes à toute heure du jour pour les abîmés de la vie, ceux qui ne trouvaient pas leur place dans un monde brutal et réservé aux forts où le hasard d'une naissance les avait précipités et qui, à la recherche d'une bulle de réconfort ou d'illusion, avaient trouvé refuge dans cette immense église au cœur de l'île de la Cité. Ils étaient quelques-uns, celles et ceux qui, chaque matin dès l'ouverture, pénétraient dans la nef, retrouvaient une chaise abandonnée la veille et restaient là, assis jusqu'au soir, insensibles à l'armée de touristes qui envahissait les allées. Les égarés semblaient flotter entre deux mondes, le regard perdu dans le vide ou bien fixant une Vierge, un christ, une bougie des heures durant. Il ne serait venu à l'idée de personne d'aller les déloger. Parfois, il fallait simplement les faire taire en douceur lorsqu'ils entraient en communication directe avec Dieu ou Marie et engageaient trop bruyamment la conversation. Et de temps en temps, sous les chaises, il fallait passer la serpillière.

Mais cette fois, le père Kern rentrait chez lui et son cœur, à titre exceptionnel, tout comme les portes de la cathédrale, demeurerait fermé l'espace de quelques heures.

Dans le RER qui le ramenait à Poissy, il tenta de réorganiser ses pensées. D'abord, il y avait l'image obsédante de cette fille allongée sur le dallage, tragique et impudique, découverte à l'instant même où dans le chœur il entamait le *Salve Regina*.

Ensuite, il y avait l'irruption de cette armée de policiers venus le revolver à la ceinture dans un sanctuaire où, depuis toujours, on pénétrait en paix après avoir laissé ses armes au-dehors. Mais peut-être n'était-ce là qu'une illusion. Peut-être le mal et la violence s'étaient-ils insinués depuis longtemps déjà entre les pierres scellées de la cathédrale. Peut-être le combat entre ombre et lumière faisait-il rage depuis toujours entre ces murs multiséculaires. Et peut-être son intensité y était-elle en réalité plus violente qu'à l'extérieur.

Un peu plus tôt dans l'après-midi, un jeune enquêteur de la Brigade criminelle l'avait interrogé, comme tous les autres prêtres, comme le restant du personnel. Il avait dû revenir sur sa journée de la veille. Les messes, la foule, le bruit, la procession et la chaleur caniculaire. Les chants, les prières, les *Ave Maria* dans la sono. Le recueillement. La foule et la chaleur encore. Et cette jeune femme à la beauté provocante, si visible, irradiante, magnétique, offerte en toute conscience aux regards des six chevaliers du Saint-Sépulcre en tête de cortège. Engoncés dans leur costume trois pièces, gantés de blanc, drapés de leur pèlerine de cavalerie frappée de la croix écarlate de Jérusalem. Suant sous le soleil de braise, croulant sous le poids du brancard supportant la statue en argent de la Vierge. Exorbités, leurs yeux. Injectés de sang. Mais était-ce par l'effort ? Était-ce par la douleur qui leur sciait l'épaule ? Ou bien par la contemplation de cette fille défilant sous leur nez, par le bruit entêtant de ses talons clic-claquant sur le bitume ? Et que dire de la vingtaine de prêtres défilant à la suite des chevaliers ? Les regards de travers, brefs, furtifs, surpris chez les collègues en chasuble, de haut en bas et de bas en haut pour mieux caresser des yeux, malgré soi, malgré l'habit liturgique sur le dos, la silhouette, la courbe des fesses, la ligne des jambes de cette fille arpentant le pavé en escarpins vertigineux, en parallèle de la procession. Et que dire alors de l'évêque auxiliaire monseigneur Rieux Le Molay ? Intercalé entre les chevaliers et la cohorte des curés, sa mitre et sa crosse dépassant de la foule, sa main brassant l'air en un signe de croix répété à l'infini, encore et encore et encore. Et parfois, ses doigts achevant de dessiner le geste côté droit – pas à chaque fois mais parfois – les yeux déviant légèrement, un peu au-delà de la croix imaginaire s'évaporant déjà dans la chaleur, pour caresser du regard ne serait-ce qu'une seconde, ne serait-ce qu'au détour d'un coup d'œil circulaire, l'admirable silhouette blanche, la finesse des chevilles, le cambré des mollets, les cuisses cuivrées disparaissant sous la jupe déraisonnablement courte. La tentation de la concupiscence. L'homme qui demande à sortir l'espace d'un imperceptible instant de sous la lourde chape cousue de fils d'or.

En fin de compte, n'était-ce pas toute l'île de la Cité qui l'avait reluquée avec envie ? N'était-ce pas tout Paris ? Et pour finir, éclatant comme un orage dans un ciel trop lourd, cette bagarre absurde avec ce jeune fidèle blond, doux dingue en apparence inoffensif soudain gagné par la violence. Que s'était-il passé ? Et qui était cette fille ? Ils l'avaient trouvée morte le lendemain. Que s'était-il vraiment passé ?

La police l'avait évidemment questionné sur l'incident de l'Assomption. Qui était ce garçon blond au visage pâle et angélique ? Connaissait-il son nom ? Fréquentait-il la cathédrale depuis longtemps ? S'était-il déjà montré violent ? L'avait-il entendu en confession ?

À ces questions, le père Kern n'avait fait que hausser les épaules. Oui, il connaissait le jeune homme, mais uniquement de vue. Non, il ne connaissait pas son nom. Il ne l'avait jamais reçu en confession. Et quand bien même l'aurait-il fait, un prêtre n'est pas tenu de demander ses papiers d'identité à un pécheur venu solliciter le pardon du Seigneur. Non, le garçon n'avait jamais eu, à sa connaissance, de comportement violent... Il était l'un d'entre eux. L'un de ces égarés de

Notre-Dame dont la silhouette immuable réapparaissait chaque matin entre les rangées de chaises.

Un jour, justement en confession, une jeune fidèle au regard un peu fou, une habituée de la messe de huit heures, lui avait ouvert son sac, dévoilant un couteau à pain à moitié rouillé. « Si le diable m'attaque », avait-elle dit. Le père Kern n'avait pas cru bon de la signaler au surveillant de service, jugeant l'attaque satanique hautement improbable. Avait-il fait erreur ? Les égarés de Notre-Dame étaient-ils fous au point d'être dangereux ?

Il ressassa ces pensées jusqu'à son presbytère. Le clocher de sa paroisse sonnait dix-huit heures. Il n'avait pas refermé sa porte que le téléphone sonna.

– François ? Monseigneur de Bracy à l'appareil.
– Oui, monseigneur ?
– Vous êtes bien rentré ?
– Oui, monseigneur.
– La police vous a interrogé vous aussi ?
– Oui, monseigneur.
– Que vous ont-ils demandé ?
– Ils s'intéressent à l'incident d'hier pendant la procession.
– Évidemment. Ils font le lien avec la découverte macabre de ce matin. Que voilà une bien mauvaise publicité. Et cette pauvre fille. Vous la connaissiez, François ? Vous l'aviez déjà vue dans la cathédrale ?
– Non, monseigneur, jamais. Je veux dire, jamais avant les cérémonies du 15 août.
– Moi non plus. À dire vrai je ne comprends pas très bien ce qu'elle venait faire là, dans cette tenue qui plus est.
– Des nouvelles au sujet de la réouverture ?
– Je viens de parler au commandant de police Lan-

dard. Il souhaite rouvrir la cathédrale dès demain. C'est une bonne chose, même si nous risquons dès la première heure d'avoir une horde déchaînée de journalistes sur le dos.

– N'est-ce pas un peu tôt, monseigneur ? Ne vaudrait-il pas mieux attendre les premières conclusions de l'enquête ou la saisine d'un juge d'instruction ?

– Je comprends votre point de vue, François. Cependant je suis contraint de prendre une décision maintenant. Compte tenu du décalage horaire avec Manille, je ne pourrai pas joindre le cardinal-archevêque avant au moins minuit ce soir. Quant à monseigneur Rieux Le Molay, ma foi depuis son départ pour Lourdes tôt ce matin, je n'ai fait que tomber sur sa messagerie.

– Je vois. Vous souhaitez rouvrir rapidement, alors ?

– De mon point de vue, le plus tôt sera le mieux. Les fidèles de Marie réclament leur maison. Et puis j'ai l'impression que la police souhaite vérifier le vieux précepte selon lequel l'assassin revient toujours sur le lieu de son crime.

– Si le jeune garçon est coupable de quoi que ce soit, pensez-vous vraiment qu'il reviendra traîner dans les parages ?

– Je l'ignore, François. Je n'ai pas votre profonde connaissance des criminels. En tout état de cause, je voulais simplement vous prévenir de la réouverture et vous dire à demain matin. Bonsoir, François.

– Bonsoir, monseigneur.

Et au moment précis où il raccrochait le combiné, il vit les marques rouges sur ses poignets. Avec calme, il ôta sa veste au revers de laquelle était épinglée une discrète croix romaine et inspecta ses avant-bras. Les traces remontaient jusqu'au-dessus des coudes. Il savait ce que ces marques signifiaient. Le mal le gagnait à nouveau. Dans les jours prochains, il serait le siège d'un combat, une bataille de plus à livrer, à ajouter à la liste des innombrables crises qui l'avaient traversé depuis les jeunes années de son enfance, dont les traitements l'avaient arrêté net dans sa croissance et fait de lui cet ectoplasme en habit de curé d'un mètre quarante-huit pour quarante-trois kilos.

MARDI

Agenouillé face au grand Christ en croix cloué sur le mur sud, les mains jointes sous le menton et les lèvres remuant en silence, Gombrowicz priait. Mais ce qu'il entendait n'était en rien la voix de Dieu. La voix qui lui parlait dans l'oreillette était celle de son supérieur à la Brigade criminelle, le commandant Landard.

– N'en fais pas trop, Gombrowicz. T'as l'air d'une première communiante en socquettes blanches.

Gombrowicz remonta ses mains de quelques centimètres et murmura dans le micro qu'il avait épinglé à la manchette de sa chemise.

– Je commence à avoir mal aux genoux. Comment ils font pour rester tout ce temps sans bouger ? J'ai une vieille bigote à côté de moi qui prie non-stop depuis au moins une heure. On dirait une statue.

Landard gloussa.

– Elle est peut-être morte elle aussi. Pousse-la un peu pour voir si elle s'étale sur le carrelage.

– Aucun risque. Celle-là, je peux te garantir que sa virginité est encore intacte. Pas besoin de la reboucher à la cire.

Peu avant l'ouverture, Landard avait mis son dispositif en place. En plus de Gombrowicz, qu'il avait positionné près de la porte Sainte-Anne et qui gardait un œil sur l'entrée, trois petits lieutenants à l'allure athlétique, une banane en travers du torse renfermant leur arme de service, avaient été déployés dans la nef, camouflés en fidèles ou en touristes de pacotille. À intervalles réguliers, un pickpocket pris la main dans le sac faisait les frais de cette concentration pour le moins inhabituelle de forces de police dans ce lieu hautement tentateur de la fauche parisienne.

Landard s'était installé aux commandes de la régie audio-vidéo de la cathédrale, située au-dessus de la sacristie. Face à la console parsemée de diodes clignotantes, son talkie-walkie à portée de main, le commandant jouait tel un roitelet surveillant son royaume avec les caméras automatiques réparties un peu partout dans la nef et qui servaient habituellement à filmer la grande messe du dimanche pour la chaîne catholique KTO. À ses côtés se tenait Mourad, que Landard avait en quelque sorte réquisitionné pour le guider à travers la mosaïque de plans et de vues de Notre-Dame qui s'offrait à lui. Le moment venu, Mourad saurait – du moins Landard l'espérait-il – désigner la tête blonde du suspect sur l'un des écrans de contrôle de la régie, au milieu de la foule anonyme des touristes.

Depuis le début de la matinée, les policiers attendaient et la cathédrale tout entière paraissait retenir son souffle, bruissant de rumeurs, dans l'attente de celui que chacun parmi le personnel de Notre-Dame appelait désormais « l'ange blond ». Un prêtre était venu dire les deux messes du matin, jouant avec une curieuse fausseté un rôle qui pourtant était le sien depuis bien des années. Le sacristain de service, les surveillants, le personnel d'accueil, les conférenciers bénévoles, les bigotes du matin, jusqu'aux touristes en provenance de l'autre bout du monde... Tous semblaient se comporter en automates, comme absents, le regard tourné vers ce point que fixait également Gombrowicz : le portail Sainte-Anne sous lequel, tôt ou tard, le principal suspect d'une sordide affaire de meurtre allait, tenait-on de source policière, s'engager pour venir se jeter dans les mailles du filet tendu par la Brigade criminelle. Pendant ce temps, sur le parvis, à l'extérieur, une équipe de France 3 Île-de-France installait sa caméra en vue du journal de la mi-journée, bientôt rejointe par une fourgonnette de LCI.

– Landard pour Gombrowicz... Landard pour Gombrowicz...

– Je t'écoute, Landard...

– Toujours rien ?

– Des Japonais, des Allemands, encore des Japonais...

– Qu'est-ce qu'il fout, putain ? On ouvre l'œil, les gars... Je le sens, le gamin n'est pas loin...

Assis dans l'une des chapelles sud bordant la grande nef, à quelques mètres à peine du Christ en croix sous lequel Gombrowicz révisait son catéchisme, le père Kern attendait. Il attendait ceux d'entre les fidèles qui, français ou étrangers, désiraient rencontrer un prêtre. Quelques années plus tôt, on avait imbriqué dans la chapelle dédiée à la confession une vaste cage de verre censée assurer au confesseur comme au confessé calme et confidentialité. Depuis, les prêtres de la cathédrale appelaient cette chapelle « le bocal ».

Assis au fond de son bocal, le père Kern attendait : comme pratiquement tout le monde ce matin-là, il attendait un jeune homme aux cheveux blonds bouclés, à l'allure vaguement romantique et gracile, qui deux jours plus tôt avait attaqué une jeune femme à coups de crucifix. La jeune femme avait été retrouvée morte et l'ange blond semblait dans les ennuis jusqu'au cou.

Assis devant sa petite table de confesseur sur laquelle il avait coutume de disposer deux dictionnaires, un d'anglais, un d'espagnol, le père Kern attendait : il attendait la nuit qui inexorablement allait tomber sur la ville. Dans une dizaine d'heures tout au plus, les marques rouges reviendraient sur ses bras, sur ses chevilles et ses mollets, tout comme la veille, mais cette fois elles seraient accompagnées d'une violente poussée de fièvre. Les douleurs articulaires, aiguës, insupportables, seraient sans doute pour le lendemain. Il le savait maintenant d'expérience. Le mal était bien de retour, investissant son corps soir après soir, gagnant en intensité de jour en jour. Combien de temps durerait la crise ? Une semaine, un mois, un an, le père Kern était bien incapable de le dire.

*
* *

Claire Kauffmann n'avait pratiquement pas fermé l'œil de la nuit. Elle avait regardé les heures passer sur le cadran fluorescent de son réveil, tournant sans cesse entre ses draps, entre deux soupirs, à tel point que son chat Peanuts, qui chaque soir venait se blottir contre sa maîtresse, s'était cette fois résolu à déserter la douceur molletonnée de la couette pour le carrelage plus calme de la cuisine. En général, elle parvenait à laisser à la porte de sa chambre les images engrangées durant ses heures de permanence pour le Palais de justice. Elle avait vu le pire. Et sa chambre avait été meublée, décorée, conçue, pour lui offrir le temps d'une nuit quelques heures d'amnésie et constituer une citadelle efficace contre la violence de la ville. Le store métallique restait toujours tiré. Les rideaux de lourd velours toujours fermés. La porte était capitonnée. La moquette épaisse. Au mur ou sur les étagères, des souvenirs d'enfance, deux ou trois peluches, une paire de chaussures à brides blanches portées un seul et unique soir avant de basculer vers les années d'adolescence, autant d'objets dont elle aimait se savoir entourée lorsque, seule dans l'obscurité, elle se sentait aspirée au fond de ses pensées, de ses angoisses et de ses souvenirs.

Mais cette nuit-là, Claire Kauffmann n'était pas parvenue à couvrir du voile noir du sommeil l'image de cette madone blanche retrouvée étranglée sur le dallage de Notre-Dame. Au moindre signe d'assoupissement, à chaque fois que son corps semblait sur le point de s'abandonner, les images de la cathédrale lui revenaient en tête. Non pas celles de sa matinée de travail, non pas celles de l'enquête en gestation, non pas celles d'un espace empli de la présence rassurante d'uniformes et de techniciens en blouse blanche, éclairé par de puissants projecteurs gommant jusqu'au dernier recoin sombre. Ce que voyait Claire Kauffmann aussitôt qu'elle fermait les paupières, recroquevillée dans le fond de son lit, c'était la nuit sans fin qui avait précédé, c'était les cris de cette jeune fille en blanc résonnant dans la noirceur de cette immense église, la laissant sans réponse, sans assistance, seule face à son assassin. C'était comme si une main de fer la forçait, elle la magistrate de la République, à regarder l'immonde spectacle de la mort passant sur le corps d'une femme, lui ouvrant les cuisses, caressant un sexe curieusement imberbe et adolescent, finissant par en approcher une bougie qui venait déverser sur sa peau une lumière obscène.

Puis, comme une marche supplémentaire vers le fond du cauchemar, Claire Kauffmann quittait sa position de spectatrice ; la main qui lui tenait le poignet, si fort qu'elle en avait envie de crier à son tour, la forçait à s'approcher de cette silhouette sombre qui s'affairait sur un cadavre vêtu de blanc. Et soudain la jeune magistrate réalisait que les cheveux de la victime n'étaient plus noirs mais blonds, blonds comme les siens, et aussitôt elle sentait les attouchements maladroits de l'assassin sur sa propre peau, la brûlure de la bougie sur ses propres cuisses ; elle tentait d'appeler elle aussi sans que sa bouche parvienne à émettre le moindre son ; elle essayait de se débattre mais son corps, comme mort, ne lui appartenait plus. Enfin elle rouvrait les yeux, hors de souffle, ses draps tachés de transpiration, elle rallumait la lumière, tentait de faire entrer l'air dans ses poumons, tentait de ralentir sa respiration, essayait d'accrocher du regard quelque objet familier sur les murs de sa chambre.

Les femmes devaient sans cesse payer face aux pulsions des hommes, sexuelles ou meurtrières. Jusque dans la mort cette fille avait dû subir les outrages d'un pervers. À la cire de cierge. Et puis quoi encore ? Sans compter les regards lourds, ambigus, de tous ceux – officiers de police, scientifiques, curieux, touristes – qui s'étaient succédé autour de son corps. Et le supplice n'était pas tout à fait achevé. Il restait l'autopsie qui la déflorerait encore un peu plus. Elle revoyait le légiste, pourtant un bon professionnel qu'elle avait côtoyé plusieurs fois par le passé, se gratter le cuir chevelu après avoir ôté son gant en latex. Elle se tournait alors pour la énième fois dans son lit et se recroquevillait davantage.

Lorsque enfin la sonnerie du réveil avait retenti, Claire Kauffmann avait quitté son lit encore groggy par son combat nocturne entre veille et cauchemar. Elle avait nourri Peanuts. Elle avait bu son chocolat chaud en écoutant les nouvelles à la radio. À la fin des titres de sept heures, France Info avait évoqué le meurtre de Notre-Dame. La presse était au courant, le grand cirque médiatique pouvait débuter.

Puis Claire Kauffmann avait pris sa douche, offrant la vision de sa nudité au seul Peanuts allongé dans un coin et battant paresseusement de sa queue le carrelage de la salle de bains. Elle s'était habillée, cuirassant son corps encore humide d'un body en coton dont elle avait soigneusement agrafé l'entrecuisse, gainant ses jambes et ses fesses d'un fin collant d'été, couvrant comme chaque matin son sexe blond de deux couches protectrices au moins.

Elle avait pris le bus depuis le 17ᵉ arrondissement où elle habitait, déplorant la promiscuité, les contacts forcés, les regards des hommes parfois si insistants. Il lui arrivait parfois de se faire suivre, le temps d'un trajet, par des types gluants dont elle sentait qu'ils la reluquaient dans son dos. Elle ne savait jamais trop dire lesquels étaient les pires : ceux qui finissaient, misérables et balbutiants, par l'aborder pour lui glisser leur numéro de téléphone, ou ceux qui ne se déclaraient pas et préféraient ruminer quelques pas en arrière, les mains dans les poches et le regard fixé sur son derrière.

Elle était arrivée au Palais avec une demi-heure de retard, et la collègue substitut avec laquelle elle partageait son bureau lui avait fait remarquer que ce n'était pas dans ses habitudes. Elle s'était mise au travail, lisant, classant, notant, Sisyphe en jupe droite et chignon blond tentant chaque jour et sans succès de faire diminuer la montagne de dossiers qu'elle avait sur sa table. Enfin, vers les onze heures et demie, elle s'était décidée à appeler le commandant Landard sur son téléphone portable, celui-ci ayant négligé de la tenir au courant de l'évolution de son enquête à Notre-Dame.

Elle trouva l'officier dans un grand état d'agitation. À l'autre bout du fil, Landard parlait dans un murmure et Claire Kauffmann peinait à tout saisir.

– Je vous dis que le gamin est là, mademoiselle Kauffmann, l'ange blond, dans la cathédrale, il est revenu, j'avais raison. Je l'ai vu arriver sur mon écran de contrôle comme une apparition, il y a moins de dix minutes, on ne voyait que lui, il était presque fluorescent. Mourad, le surveillant qui l'a alpagué avant-hier, l'a reconnu formellement. Et devinez où il est allé aussi sec, le gosse ? Je vous le donne en mille, madame le procureur. Devinez ce qu'il est allé faire à peine entré, le petit salopard ?

– Comment voulez-vous que je le sache, commandant ?

– Je vais vous le dire, madame le procureur. Devinez quoi ? Ce fils de pute est allé se confesser.

*
* *

Depuis bientôt une demi-heure, l'ange blond passait à confesse. N'y tenant plus, Landard avait quitté sa régie pour voir la scène de ses propres yeux. Enfermé dans son bocal, comme mis sous verre à la manière d'un papillon extraordinaire, le gosse parlait sans fin, riait, pleurait, secouait la tête, faisait des gestes… Et à qui se confiait-il ? À un petit prêtre, un maigrichon, un presque nain, qui l'écoutait sans rien dire le menton posé sur son poing et qui, une fois toutes les minutes environ, se contentait de hocher la tête.

Landard rongeait son frein. Il se sentait comme un gamin de dix ans, le ventre vide et la bave au coin des lèvres, le nez collé à la vitrine d'une charcuterie. Le matin même, il avait donné sa parole au vieux recteur : pas de scandale ni d'arrestation à l'intérieur de la cathédrale. Il faudrait attendre, pour cueillir l'ange blond, que celui-ci en soit ressorti. À l'extérieur tout était prêt : deux officiers repositionnés au niveau de la sortie, un troisième au niveau de l'entrée au cas où le suspect choisirait de les prendre à revers, auxquels s'ajoutait Gombrowicz, toujours en position sous son grand Christ en croix, à moins de dix pas du confessionnal. En cas de grosses difficultés, il y aurait toujours les policiers en uniforme sur le parvis, postés en commun accord avec le recteur pour tenir en respect les velléités journalistiques des équipes de télévision.

À contrecœur, Landard vint s'agenouiller à côté de son lieutenant, le regard non pas vers le haut mais fuyant sans cesse du côté du suspect.

– Qu'est-ce que tu crois qu'ils se racontent là-dedans ?

– On aurait peut-être dû placer un micro ?

– Le curé n'aurait pas accepté. C'est confidentiel, tu sais, ce qui se dit à l'intérieur. Qui aurait pu prévoir que le gosse serait assez vicieux pour passer à confesse ?

– T'inquiète pas, Landard. D'ici ce soir il y passera encore, cette fois dans les bureaux du 36.

Quelque peu réconforté à l'idée de l'interrogatoire qui s'annonçait, Landard retourna à sa prière. Cependant l'ange blond ne semblait pas vouloir sortir et Landard, que ses genoux commençaient à faire souffrir, prenait conscience de toute l'absurdité de la situation.

Enfin il prit sa décision. Après tout il tenait son bonhomme enfermé dans une cage hermétique.

Qu'attendait-il donc ? Que l'oiseau s'envole ? Au diable la promesse faite au recteur, il était temps d'intervenir. Il se mit hors de vue du suspect et, d'un souffle dans son talkie-walkie, convoqua les trois lieutenants qui patientaient à l'extérieur. Puis, aussitôt les renforts arrivés et sans autre forme de procès, Landard ouvrit la porte vitrée du confessionnal et lança ses hommes à l'intérieur comme il aurait lancé quatre chiens dans une boucherie.

*
* *

Le bruit lourd et métallique de la porte vint se répercuter sur les murs de la cellule. Des posters de filles aux seins nus y côtoyaient une carte postale d'un paysage de Van Gogh, un champ de blé survolé par un groupe de corbeaux. Le détenu leva son crâne rasé vers le visiteur, quitta son tabouret et lui tendit une main sur laquelle un tatouage en forme de serpent prenait naissance, disparaissait sous la manche retroussée et semblait s'étirer sur toute la longueur du bras.

– C'est déjà jeudi ? J'ai encore mal compté mes jours, François. Décidément je n'y arrive plus. Les heures, les jours, le temps…

Le père Kern rassura le détenu.

– C'est moi, Djibril, c'est moi qui suis en avance. Nous sommes mardi.

Djibril se rassit, bâilla, se frotta les yeux du plat de la main puis, d'un geste, offrit son lit en guise de siège au prêtre de passage.

– Café ?

Kern acquiesça. Djibril saisit un bocal de Nescafé

sur une étagère, en versa dans un verre au jugé et mit de l'eau à chauffer dans une bouilloire électrique.
– Noir, comme d'habitude ?
– Noir, Djibril, je te remercie.

Kern s'était assis sur le lit. Ils attendirent sans parler que l'eau ait fini de bouillir. Djibril remplit le verre, y plongea une cuiller dont le bruit métallique, en heurtant la paroi, lui rappela celui de la clé le soir dans la serrure de la cellule, puis il tendit son café au curé.
– C'est chaud. Attention à tes doigts.

Le père Kern remua la cuiller dans le verre. Il observait le café se dissoudre en silence, sentait l'odeur gagner ses narines et la chaleur rougir ses doigts. Pourtant il ne posait pas le verre, comme absent, comme insensible à la brûlure.
– Je te croyais à Notre-Dame le mardi.

Kern émit un vague sourire.
– Je te fais une réponse de gosse : l'école a fermé plus tôt aujourd'hui.

Il but une gorgée et tendit son verre au détenu.
– Finalement je prendrais bien un carré de sucre. Je n'ai pas pu manger à midi.

Il désigna le poste de télévision fixé au mur, dont les images muettes diffusaient une série policière allemande.
– Tu as vu les infos à treize heures ?
– J'ai vu, oui. Il n'y a que ça à faire ici. Ils l'ont sorti par la grande porte, votre meurtrier, juste sous le nez des caméras. Et le grand prix de la mise en scène est attribué à la DRPJ de Paris pour son film à grand spectacle...
– Les journalistes étaient bien renseignés, les gens de la cathédrale n'ont pas pu s'empêcher de parler, je suppose. Ils savaient déjà pour l'agression le jour de l'Assomption. Ils savaient à qui la police avait tendu

son filet. Et le gosse s'est jeté dans la nasse en croyant venir se confesser. Ils ont montré son visage à la télé ?

– Ils lui avaient collé un blouson sur la tête. Ensuite ils l'ont fourré dans une voiture et ils ont mis le gyrophare. Les clowns ! Le 36 est à cinq cents mètres.

– C'est un gamin, Djibril, un égaré. Ils sont venus le chercher pendant que je lui donnais l'absolution. Ils se sont mis à quatre pour le plaquer à terre.

– Tu as donné l'absolution à un meurtrier ? Enfin tu me diras, ici c'est ce que tu fais à tour de bras. Tous les jeudis tu parles et tu pardonnes à des gars qui ont pris perpète.

– Qui a dit que le gamin avait tué ?

– Visiblement la presse a déjà fait son procès. Tu le crois innocent ?

– Je le crois terriblement coupable. Coupable d'avoir mal interprété les Écritures, d'avoir changé la Vierge en idole. D'avoir cédé à la facilité de l'intolérance, à la facilité de la bêtise. Ce garçon est un illuminé et un paumé. Pas un assassin. Il n'a pas tué cette fille.

– Comment peux-tu en être sûr ?

– Je ne suis sûr de rien, Djibril. Simplement le garçon est venu à moi. Il s'est confié en confession. Il m'a parlé de ses obsessions. De sa sexualité totalement déréglée. De son fétichisme pour la Vierge Marie. De ses pulsions. Il m'a parlé de l'agression d'avant-hier. Je te l'accorde, il a besoin de soins. Mais après l'incident de la procession, il dit être rentré chez lui et s'être mis au lit.

– Tu l'as dit à la police ?

– Tu penses bien qu'ils m'ont demandé de leur répéter toute la conversation.

– Et alors ?

— Disons que je ne leur ai pas tout raconté. J'ai argué du secret de la confession.

Djibril remit de l'eau à bouillir et rouvrit son pot de Nescafé.

— Ton gosse illuminé, il te rappelle ton frère, c'est ça ?

Kern plongea son regard dans le fond de son verre et joua un moment avec le bout de la cuiller. Depuis quinze ans qu'il visitait la centrale de Poissy en tant qu'aumônier des prisons, il avait rencontré bien des détenus. La plupart n'avaient que faire des questions de religion mais cherchaient une oreille attentive à laquelle se confier, quelqu'un en dehors du cercle de l'administration pénitentiaire qui saurait s'asseoir face à eux sans les juger. Après tout, leur procès avait déjà eu lieu, leur culpabilité avait été établie par un juge d'instruction, sermonnée par un procureur, et ils n'étaient pas près de l'oublier ; la Justice les avait condamnés pour la plupart d'entre eux à des peines allant de quinze ans à la perpétuité : à Poissy, on n'enfermait que les lourdes peines.

Il y avait rencontré Djibril. Colosse de deux mètres et cent dix kilos. Crâne rasé et couvert de tatouages. Réclusion criminelle à perpétuité assortie d'une période de sûreté de vingt-deux ans. Un braquage qui avait mal tourné ; une station-service dans la Beauce, une caissière prise en otage, un siège de plusieurs heures par le GIGN, une sortie hasardeuse, improvisée, sur un coup de tête ou plutôt de panique, sous l'effet de l'alcool trouvé sur place et absorbé pour faire taire l'angoisse ; enfin, au bout de la nuit et du cauchemar, un gendarme abattu, père d'un gosse de onze ans, gisant dans son sang au pied d'une pompe de sans-plomb 98. Et contre toute attente un lien s'était créé entre le prêtre et l'assassin. Au fil des mois Djibril s'était ouvert. Au petit homme portant une croix à son revers il avait raconté son histoire. Une longue dégringolade à vrai dire, débutée dans les derniers étages d'une tour du haut Montreuil. Guetteur, puis petit trafiquant, puis chef de bande. Déscolarisation. Rupture progressive avec la famille et premiers séjours en prison. Premiers contacts avec des caïds d'un autre genre, qui ne s'intéressent pas aux petits trafics mais aux bijouteries, aux banques et aux convoyeurs. Changement d'échelle, du bloc au quartier, du quartier à la ville, de la ville à la région, de la région au pays tout entier. Premiers surnoms d'artiste aussi – le Taureau, le Tatoué, l'Africain. Le fusil d'assaut, la grenade, l'arme de guerre remplaçant définitivement le couteau ou la lame de cutter. La violence, l'adrénaline, la cavale comme des drogues quotidiennes. Un parcours tristement exemplaire et, d'une certaine manière, terriblement français, de cette part-là de la France que la majorité ne souhaite pas voir. Jusqu'à cette sortie ratée, un soir, d'une supérette de station-service, quelque part dans la Beauce. Le procès aux assises, la condamnation, deux ou trois reportages à la télévision. Et puis la case prison. Le temps qui passe au ralenti, le parloir désespérément vide, le silence au milieu des cris. Une fois par semaine la visite de l'aumônier.

Entre Kern et Djibril il n'était pas question d'amitié, plutôt d'une relation d'écoute et de respect mutuels, comme si Kern avait saisi au fil de ses visites hebdomadaires toutes les limites de sa propre expérience. Il ne savait pas grand-chose, en tout cas pas davantage que cet homme qui se tenait face à lui, qui avait tué, qui avait compris l'immensité de son crime, et à qui il restait l'étendue d'une vie pour le regretter et se pardonner à lui-même.

– Je ne sais pas, Djibril. Je n'y avais pas pensé depuis longtemps. Peut-être que tu as raison, peut-être que ce jeune garçon me rappelle mon frère malgré moi ; son égarement, sa violence intérieure, le tout dissimulé sous le masque de l'ange.

Plus d'une fois déjà, Kern avait éprouvé ce sentiment curieux d'être celui d'entre le prêtre et le détenu qui cherchait le plus à se confier. Avec les autres prisonniers de Poissy cela ne lui arrivait jamais. Avec les autres il écoutait, puis il parlait, puis parfois une conversation s'engageait, qui apaisait l'air des cellules si dense qu'il en devenait souvent irrespirable. Or la cellule de Djibril renfermait le même air, les mêmes objets du quotidien auxquels se limitait la vie des détenus, les mêmes posters obscènes côtoyant les mêmes images fleur bleue découpées dans les mêmes magazines, à une différence près cependant : sur l'une des étagères de Djibril trônait un code Dalloz de procédure pénale, posé en équilibre précaire sur un édifice d'ouvrages juridiques, et sur la petite table, tout à côté de la bouilloire, il y avait une liasse de cours par correspondance. Après deux années de capacité, le condamné à perpétuité suivait une licence de droit.

Le prisonnier resservit Kern de café.

– Ce qu'il faut, pour ton gosse, c'est que tu lui évites la même fin qu'à ton frère.

– Pourquoi crois-tu que je viens à la centrale tous les jeudis ? N'est-ce pas pour vous éviter à tous la même fin qu'à mon frère ?

Kern vida son café d'un trait. Cette fois, il sentit la brûlure le traverser de part en part.

— Excuse-moi, Djibril. Pardon. Je n'aurais pas dû dire cela.

Le détenu se mit à rire puis esquissa un signe de croix.

— Je t'absous, mon fils. Mais sauras-tu te pardonner à toi-même ? D'être en vie, je veux dire, alors que ton grand frère est mort tout seul dans sa cellule.

Kern ne répondit pas et Djibril se leva, dominant le petit homme de toute sa stature.

— Continue à faire tes prières, François, mais que ça ne t'empêche pas d'agir pour éviter le pire. Le destin ça s'infléchit. Quand moi j'ai compris ça il était bien trop tard.

— Je sais, Djibril.

— La centrale, tu vois, ça te laisse le temps de réfléchir, refaire à l'infini le petit film de ta vie. Tourner tout ça dans tous les sens. Admettre qu'il n'y a plus moyen de faire marche arrière.

— Je sais bien.

— Ressasser. Ici c'est ça la vraie torture : ressasser ses erreurs en attendant de crever. Le purgatoire avant l'enfer, quoi.

Et dans sa vaste paluche il prit la main décharnée que lui tendait le prêtre. Kern eut un léger frisson. Le détenu avait une connaissance bien plus concrète des limbes que lui, le prêtre, ne l'aurait jamais de son vivant, et il pensa : en réalité je ne sais rien ; la véritable connaissance c'est lui qui l'a.

— Je te remercie, Djibril.

— Pas de problème. Ça m'a fait du bien de me sentir utile. Mais n'oublie pas pour autant tes visites. Tu sais ce que c'est : quand je n'ai pas mon petit curé à qui parler je garde ma colère à l'intérieur. Je me mets à cogner sur mes camarades au réfectoire. Pour rien.

Pour un bout de pain. Pour passer le temps. C'est la loi du plus fort. Et le plus fort n'est pas toujours le plus malin. Ou comme tu dirais toi : le plus chrétien.

*
* *

— Vingt-deux ans de carrière, jamais entendu pareil tissu d'insanités.

Landard venait de rejoindre Gombrowicz dans le coin du bureau et s'accordait une nouvelle gitane. Il était environ seize heures. La pièce mansardée baignait dans une chaleur étouffante et s'emplissait d'un nuage de fumée plus dense à chaque fois que Landard expirait. À l'autre bout, à peut-être trois mètres à peine, l'ange blond menotté à sa chaise n'était plus qu'une silhouette perdue dans le brouillard. Landard reprit ses confidences.

— Il est complètement frappé, ce gosse. C'est du tout cuit pour l'avocat commis d'office. J'imagine d'ici sa plaidoirie : « Mon client est un dingue, monsieur le président, sa mère lui faisait manger son caca quand il était petit, je plaide l'irresponsabilité... » Et hop, le tour est joué : allez directement à l'HP sans passer par la case prison. Je vais te dire, Gombrowicz, la justice est mal faite. C'est pas normal de payer des vacances à l'œil à des barjots pareils.

Landard retourna s'asseoir sur le bureau tandis que Gombrowicz s'installait devant l'ordinateur.

— OK Thibault. On en était à la procession.

— Puis-je avoir un verre d'eau ? J'ai terriblement soif.

— Dans un moment, Thibault, d'abord la procession.

Le jeune homme parut chercher dans ses souvenirs puis interrogea l'officier de sa curieuse voix de crécelle.

– Procession ?

– Avant-hier, oui. L'Assomption, tu te souviens ? La messe, la procession...

– La procession de l'Assomption ?

– C'est ça, garçon. La statue de la Vierge, les curés, les chevaliers du saint-frusquin et la petite poule en blanc qui tortillait du cul à pas deux mètres de toi. Tu te souviens ?

– Je me souviens, oui, mais vous avez de ces mots...

– Cette fille, Thibault, tu la connaissais ? Tu pourrais peut-être nous dire son nom ?

– Jamais vue.

– Alors pourquoi tu t'es mis à lui cogner dessus ?

– Si je vous le disais, vous ne comprendriez pas.

– Tu vas nous le dire quand même, garçon, et mon collègue et moi on fera un effort pour comprendre.

Le jeune homme dévisagea Landard, puis Gombrowicz, puis revint à Landard. Et sa bouche se fendit d'un discret sourire malgré le stress visible que lui causait son interrogatoire.

– C'est la Vierge qui me l'a ordonné.

Landard se frappa la cuisse du plat de la main.

– Putain ! C'est reparti ! La Vierge, les saints et le fiston Jésus-Christ...

– Vous voyez bien, vous ne comprenez rien...

– Note, Gombrowicz, note bien : « C'est la Vierge qui m'a ordonné d'agresser cette jeune femme. » Et tu sais peut-être pourquoi la bonne Vierge t'aurait demandé de châtier cette mignonne ?

– Pas la moindre idée.

– Pas la moindre... Tu te foutrais pas un peu de notre gueule, mon Thibault ? Si la Vierge Marie t'a demandé de dérouiller cette fille avant-hier, ce serait pas parce qu'elle était un peu maghrébine sur les bords ?

Thibault s'emmura dans un profond silence. Landard écrasa sa gitane sous le nez de Gombrowicz, dans un cendrier totalement saturé de mégots. Le lieutenant, qui peinait à respirer et commençait à transpirer, s'en saisit et le vida dans la poubelle en soupirant. C'est alors que le jeune homme se remit à parler.

– Je vois où vous voulez en venir. Vous cherchez à m'accuser d'agression raciste. Mais la Vierge n'est pas raciste. Comment voudriez-vous qu'elle le soit ? La Vierge est un modèle pour toutes les femmes du monde, quelle que soit la couleur de leur peau.

Landard sentait le gamin autant que son mobile lui échapper et il haussa le ton, approchant son visage à quelques centimètres de celui du garçon.

– Tout à l'heure, tu nous as dit que tu habitais encore chez ta mère. À Saint-Cloud, c'est ça ? Ça va lui faire quel effet, à ta maman, quand elle apprendra que son fils est soupçonné d'avoir buté une fille ?

La respiration du garçon s'accéléra soudain.

– Ma mère ? Qu'est-ce que ma mère vient faire dans votre histoire ?

– Quel effet ça va lui faire, mon Thibault ? Tu crois qu'elle viendra assister à ton procès ? Tu crois qu'elle t'apportera des oranges à Fleury ?

– Laissez ma mère tranquille. Je n'ai pas tué cette fille.

– Alors pourquoi, Thibault, pourquoi que tu lui as cogné dessus ?

Thibault, troublé, se mit à bredouiller, puis soudain les mots se bousculèrent dans sa bouche, comme coulant à grand jet d'un robinet dont le joint aurait cédé.

– Parce que c'était une petite pute ! Parce qu'elle singeait la Vierge dans son habit immaculé. Je l'ai frappée parce qu'elle le méritait ! Parce qu'elle se pavanait sous nos yeux dans sa robe de catin provocante ! Je l'ai frappée pour lui donner une bonne leçon ! Je l'ai frappée parce qu'elle l'avait cherché ! Je l'ai frappée pour l'inciter à la pureté, à l'humilité, à la bonté, je l'ai frappée pour l'inciter à la virginité !

Thibault s'était vidé malgré lui, et aussitôt il parut le regretter. Il s'excusa pour les mots employés. En face de lui, le commandant Landard semblait tout au contraire s'être rempli d'air chaud, à la manière d'une montgolfière, et paraissait sur le point de décoller de la surface de son bureau.

– Note, Gombrowicz, note : « Je l'ai frappée pour l'inciter à la virginité. »

Gombrowicz pianotait sur son clavier. Le brusque changement de rythme dans l'interrogatoire l'avait quelque peu perturbé. Landard attendit que les touches de l'ordinateur finissent de crépiter puis alluma une nouvelle cigarette sur laquelle il tira avec satisfaction.

– Gombrowicz... Tu m'appelles la petite proc sur sa ligne directe, s'il te plaît ?

À nouveau il se pencha vers son suspect.

– Dis-moi, mon Thibault... Ça te dirait qu'on aille faire un tour chez maman pour regarder un peu dans tes tiroirs ? Tu crois qu'on y sera avant vingt et une heures ?

*
* *

Il referma la porte de chez lui et la verrouilla à double tour. Il resta là un instant, le front posé contre le bois, la main crispée sur la poignée, à l'écoute des bruits de la ville au-dehors qu'il percevait comme filtrés au travers d'un épais brouillard, comme étouffés par une neige épaisse qui serait tombée en masse en cette fin d'après-midi du 17 août. Une voiture passa dans la rue. Un bruit de pas de femme. Un rire d'enfant. Puis plus rien.

Il lâcha la poignée et pénétra plus avant dans l'appartement, simple, dépouillé, rangé, qu'il occupait depuis maintenant quinze ans. Il abandonna sa veste sur le dossier d'une chaise. Alla boire un verre d'eau. Ou plutôt il ne fit que le remplir, fixant l'horloge sur le mur blanc sans véritablement la voir, pendant un temps dont il ne sut s'il était long ou court, restant ainsi le verre à la main, avant de le poser dans le fond de l'évier, encore plein.

Il passa dans sa chambre, s'assit sur le lit, regarda ses mains posées sur ses genoux dans une position d'enfant sage au moment de la photo de classe, puis il se leva de nouveau, ouvrant le placard face au lit. Il en sortit une boîte à chaussures qu'il posa sur une petite table qui faisait l'angle de la chambre, disposée sous un crucifix de bois cloué au mur. Il tira du carton un ancien réveil Bayard qu'il posa devant lui, puis une loupe, puis une trousse d'écolier tachée d'encre noire dont il fit coulisser la fermeture Éclair. Il y trouva une pince et quatre tournevis de tailles et de couleurs différentes qu'il aligna de part et d'autre du réveil. Enfin il prit dans le fond de la boîte une photo noir et blanc qu'il posa devant lui, en appui contre le mur. Il pressa l'interrupteur d'une lampe au bras articulé fixée à la tranche de la table et prit le réveil d'une main, saisissant dans l'autre l'un des quatre tournevis dont le manche en bois était d'un rouge passé. Lentement, avec une application enfantine, il dévissa le capot de métal et finit par l'ouvrir, dévoilant le mécanisme à la fois rustique et complexe ainsi que son année de fabrication : 1958. Puis, méticuleusement toujours, dans un silence d'où ne filtraient que le seul bruit de sa respiration et, parfois aussi, celui de l'horloge là-bas très loin dans la cuisine, il entreprit de démonter entièrement l'appareil.

Un peu avant vingt heures, il posa devant lui les deux dernières pièces qu'il lui restait à dissocier. Le réveil était là, tout entier face à lui, en pièces détachées.

Ce jour-là, il portait une chemisette à manches courtes. À la lumière combinée du jour et de la lampe, il vit que les plaques rouges s'étaient organisées autour des poignets et des coudes. Il pouvait aussi les sentir gagner du terrain sous la table, le long de ses mollets, montant vers les genoux dans ce curieux mélange de brûlure et de prurit qu'il ne ressentait jamais par ailleurs. Pour la première fois ce soir-là, il se détourna de son réveil et s'attarda sur la photographie posée contre le mur. Deux jeunes garçons, l'un ayant peut-être sept ans et l'autre peut-être dix, se tenaient par les épaules et fixaient l'objectif du photographe dans une pose qui rappelait celle des joueurs de football avant le match. Un ballon attendait justement sur le sol que l'un d'eux – le plus jeune, petit brun à l'allure de poussin maladif, ou bien le plus âgé, droit et blond comme les blés – veuille bien lui redonner vie d'un vigoureux coup de pied. Le décor semblait être celui d'une école ou d'un pensionnat à l'ancienne, avec sa cour de terre battue entourée d'un haut mur et, dans le fond, l'angle d'une bâtisse dont la seule ouverture visible laissait deviner un vitrail.

Il plongea de nouveau la main dans la boîte à chaussures et en tira un thermomètre à mercure d'allure démodée. Fixant toujours la photographie noir et blanc, il glissa la pointe métallique sous sa langue et attendit ainsi, immobile, dans la lumière déclinante du jour qui cédait lentement la place à celle, froide et clinique, de sa lampe d'architecte. Enfin, il le sortit de sa bouche et lut : le mercure dépassait le seuil des quarante degrés. Il posa le thermomètre sur le bord de la table.

Sans un bruit, sans un soupir, le père Kern se mit alors à remonter son réveil Bayard dont le mécanisme datait de l'année 1958.

*
* *

Claire Kauffmann s'agrippait à la poignée fixée au plafond. Ses genoux, qu'elle gardait serrés, valsaient de droite à gauche à chaque embardée de la voiture, et de son bras gauche elle serrait contre sa poitrine la sacoche qui contenait le dossier de l'affaire Notre-Dame.

Landard rétrograda violemment à l'approche d'un feu rouge et l'on entendit le moteur de la 308 rugir, puis il déboîta sur la droite vers un couloir de bus et fonça vers la Seine sans toucher à la pédale de frein. Il traversa le pont de Saint-Cloud à toute allure. À l'arrière, l'ange blond, menotté, serré contre Gombrowicz, fixait tantôt la route tantôt le regard de Landard qu'il pouvait voir dans le rétroviseur.

— Vous pensez que ce genre de conduite est vraiment indispensable, commandant ? Nous serons là-bas largement avant neuf heures pour commencer la perquisition.

Landard remit un coup de sirène à l'approche de la sortie du pont.

— C'est pour la maman du jeune homme, madame le procureur. Je voudrais pas qu'elle rate le début de son film à cause de nous. Avec un peu de chance, on arrivera juste après le journal, au moment des publicités.

La magistrate leva les yeux au ciel tandis que l'officier fixait son suspect par l'intermédiaire du rétroviseur.

– Je parie qu'elle aime bien regarder la télé, ta maman. Pas vrai, mon Thibault ? Je parie qu'elle t'aura vu sortir de la cathédrale au journal de treize heures. Elle se sera dit : « Mais ce garçon, là, avec des menottes et un blouson sur la tête, mais c'est mon garçon, mon garçon à moi ! » Alors elle aura regardé le journal de vingt heures pour en avoir le cœur net. Dis-moi, mon Thibault, tu crois qu'elle t'aura reconnu, ta maman, malgré le blouson sur ta tête ?

Landard se retourna et répéta sa question en fixant son suspect droit dans les yeux. Gombrowicz, dont le hamburger-frites de midi se frayait lentement un passage vers le haut contre toute logique digestive, desserra les dents le temps d'admonester son supérieur.

– Regarde devant, Landard, tu vas nous foutre dans un réverbère, putain !

Ils contournèrent la file de voitures qui attendait de pouvoir s'engager sur l'autoroute de l'ouest et montèrent vers Saint-Cloud. Ils s'arrêtèrent quelques minutes plus tard, à cheval sur le trottoir, au pied d'un immeuble qui datait des années soixante-dix. Pâle comme un linge et le visage luisant de sueur, Gombrowicz sortit l'ange blond de la voiture, le tenant par le bras, tandis que Landard pénétrait déjà dans le bâtiment, suivi de près par Claire Kauffmann.

Dans l'ascenseur, ils s'abstinrent de parler, serrés tous quatre comme des sardines au fond d'une boîte. Claire Kauffmann pouvait sentir l'odeur de tabac froid dont le blouson du commandant Landard était imprégné, et celle du déodorant bon marché qui émanait des aisselles moites du lieutenant Gombrowicz. Elle entendait aussi la respiration du jeune suspect qui allait s'accélérant à mesure que l'on montait dans les étages et qu'il se rapprochait de la porte de sa mère.

Ce fut une petite femme en robe de chambre, aux cheveux rares, à la silhouette voûtée et maladive, qui vint leur ouvrir. À la vue de son fils menotté, elle se mit à gémir, les yeux ronds et paniqués. D'une main déformée par l'arthrose, elle se masqua la bouche qu'elle avait grande ouverte de surprise. Elle ne devait pas – ou à peine – la refermer de toute la perquisition.

Ce qui frappa tout d'abord Claire Kauffmann lorsqu'elle fit ses premiers pas dans l'entrée, ce fut l'odeur de renfermé : depuis combien de temps les fenêtres n'avaient-elles pas été ouvertes ? Les volets étaient fermés eux aussi. En s'approchant d'un carreau, le substitut vit que de larges bandes de scotch brun avaient été collées sur les persiennes, empêchant la lumière et l'air de pénétrer. Un simple coup d'œil circulaire suffisait pour s'apercevoir que toutes les ouvertures de l'appartement avaient subi le même traitement. L'ange blond et sa mère vivaient dans un véritable tombeau composé d'une cuisine, d'une salle de bains, de deux chambres et d'un petit salon.

Un téléviseur d'allure ancienne diffusait à tue-tête une publicité pour une compagnie d'assurances. Landard avait bien calculé l'heure de son arrivée.

– Le père de Thibault n'est pas là, madame ?

– Il est décédé, monsieur le commissaire. Il est mort il y a vingt et un ans, dans un accident de voiture, sur la route de Satory ; il était militaire. J'étais enceinte de six mois lorsque c'est arrivé. Thibault n'a pas connu son père.

Elle se tourna vers son fils et remit son poing fermé devant sa bouche.

— Thibault... La police... Mais qu'est-ce que tu as encore fait ?

Claire Kauffmann tira son dossier hors de sa sacoche.

— Votre fils, madame, est actuellement gardé à vue dans le cadre d'une affaire de meurtre. Il le restera jusqu'à demain midi, à moins que sa garde à vue ne soit prolongée de vingt-quatre heures. Ces officiers de police judiciaire sont venus perquisitionner la chambre de votre fils pour les besoins de leur enquête. Avons-nous votre autorisation ?

— Seigneur, Thibault ! Alors c'était bien toi à la télé... C'était bien toi à Notre-Dame... Mais qu'est-ce que tu as encore fait ?

— Nous autorisez-vous à voir la chambre de votre fils, madame ?

D'une main hésitante, elle leur montra une porte au bout du couloir. Landard s'y engagea le premier, longeant les murs habillés d'un papier peint défraîchi dont les fleurs semblaient elles-mêmes s'être fanées bien des années auparavant. Posant la main sur la poignée, il se tourna vers le jeune suspect que Gombrowicz tenait toujours par le bras.

— On y va, mon Thibault ? Tu nous laisses visiter, toi aussi ? Alors tu regardes bien tout ce qu'on fouille et tout ce qu'on emporte, parce qu'à la fin tu devras nous signer un petit papier. D'accord ?

Il pesa sur la poignée et ouvrit la porte. À l'intérieur régnait la même atmosphère étouffante que dans le reste du logement. À tâtons, Landard chercha l'interrupteur sur le mur. Aussitôt la lumière allumée, il ne put s'empêcher de laisser échapper un juron.

Le garçon entra à son tour, suivi de Gombrowicz et de Claire Kauffmann. La magistrate et les deux officiers restèrent un moment interdits, leur regard glissant le long des murs, des étagères, des armoires et des vitrines. Gombrowicz, que le manque d'air avait rendu plus pâle encore, s'approcha de son supérieur.

– Franchement, Landard... Est-ce que t'as déjà vu un truc pareil ?

La chambre de l'ange blond était un véritable musée dédié à Marie. Alignées là, contre le même papier peint, du sol au plafond et sur plusieurs étages, des statuettes de toutes les tailles et de tous les styles paraissaient observer les trois visiteurs d'un regard scrutateur. Sur les rares portions laissées inoccupées par les étagères, des dessins aux traits quelque peu enfantins, mis sous verre, avaient été fixés au mur. Leur motif, d'un cadre à l'autre, ne variait guère : Marie sous toutes ses coutures, dans toutes ses représentations possibles et connues, y était encore et toujours célébrée.

Un cadre en particulier attira l'attention de Gombrowicz, peut-être parce que le dessin qu'il protégeait était plus imposant que les autres, peut-être parce qu'il était le seul à bénéficier d'un traitement en couleur, peut-être parce qu'il avait été cloué face au lit de l'ange blond : une Vierge couronnée, à la peau d'une blancheur cadavérique, entourée d'anges rouges et bleus, portait sur son genou gauche un enfant Jésus rubicond et joufflu. Un érotisme glacé se dégageait du dessin, de par la beauté des traits de la Vierge, certes, mais surtout de par le fait qu'elle avait le sein gauche hors de son corsage et que ce sein-là, rond et plein, d'une pâleur extrême, aimantait le regard plus que toute autre chose dans la composition.

– Elle est belle, n'est-ce pas ? C'est un tableau français du XVe siècle. Je suis allé jusqu'à Anvers pour le voir. Il m'a fallu trois jours pour le reproduire. Tu te souviens, maman ?

Gombrowicz, sans quitter le dessin des yeux, siffla d'admiration.

— C'est toi qui as fait ça ? Tous ces machins au mur, c'est aussi toi ?

D'une voix soudain mieux assurée, la mère du jeune garçon répondit à la place de son fils.

— Thibault est un extraordinaire dessinateur, monsieur l'inspecteur. Il prépare les Beaux-Arts.

— Maman !...

— Tu feras les Beaux-Arts, mon fils, j'en suis sûre ! Et par ton art tu célébreras la foi en Marie et en Jésus-Christ.

Landard, qui depuis un moment déjà avait ouvert l'unique armoire et vidait les tiroirs, en tira soudain une liasse de croquis qu'il brandit au-dessus de sa tête.

— Et ça, mon Thibault, c'est pour les Beaux-Arts aussi ?

Une à une, il disposa les feuilles sur le lit, laissant les traits de son suspect se décomposer à mesure qu'il alignait une série d'ébauches pornographiques mettant en scène une Vierge à la bouche charnue, à la robe retroussée, en bas résille et en talons aiguilles, et dont les cuisses ouvertes laissaient voir un sexe aux lèvres larges et pendantes.

— Si tu permets, mon Thibault, je les mets dans l'ordre que je préfère. Tu veux bien ? Mesdames et messieurs, ouvrez bien vos mirettes... Premier chef-d'œuvre réalisé par notre ami Thibault en vue de son entrée à l'Académie des beaux arts : *La Vierge se branle en douce et finalement atteint l'extase*... Très beau, très pur... Un petit quelque chose de sainte Thérèse, cependant... Attention mon Thibault à ne pas mélanger les saintes sinon, hein, les Beaux-Arts, c'est foutu pour cette année... Deuxième chef-d'œuvre en vue de l'admission de Thibault à l'École des beaux arts : *Pour préserver sa très précieuse virginité, Marie la coquine se fait du bien par-derrière à l'aide d'un... d'une...* Qu'est-ce que tu lui as collé dans le fion, mon Thibault, à ta Vierge Marie ? Gombrowicz ?... Une opinion ?... Madame le procureur ?... Un avis ?... Aucune importance... Passons à la suite de la visite...

Claire Kauffmann éprouvait un malaise croissant à mesure que la grotesque exposition se poursuivait. Un léger vertige l'avait gagnée et elle sentait son sang quitter progressivement sa tête. Était-ce l'air déjà rare dans cette chambre hermétiquement fermée qui venait à manquer ? Était-ce le plaisir visiblement sadique que prenait Landard à humilier son suspect ? Était-ce le masque de honte que portait Thibault sur son visage ? L'expression de sévérité sur celui de sa mère ? Ou bien les croquis obscènes pondus par cet adolescent libidineux la renvoyaient-ils à des souvenirs plus anciens, plus douloureux, plus personnels ?

Gombrowicz, dont le rire s'était fait entendre sur le premier dessin, ne riait plus du tout. Un vague sourire de connivence avait perduré un moment mais il s'était éteint, et son regard triste et mal à l'aise passait maintenant de son chef aux croquis, puis des croquis à son chef.

Landard poursuivait pourtant, avec une jubilation qu'il ne laissait pas s'exprimer au hasard. Depuis le début de la garde à vue, il avait bien compris que le point faible du suspect était son rapport à sa mère. Face à la police, il parvenait tant bien que mal à maintenir une même version des faits, mais en présence de la figure maternelle Landard sentait le grand enfant fragile, soumis à un jugement terrible, au bord de la panique. Aussi en remit-il une couche lorsqu'il parvint au tout dernier dessin, celui qui, pour les besoins de son enquête, l'intéressait évidemment le plus.

– Tu te doutes bien, mon Thibault, tu te doutes bien de celui que j'ai choisi pour clore l'exposition. Observez bien, mesdames et messieurs, le chef-d'œuvre des chefs-d'œuvre, la pièce maîtresse du cabinet de curiosités de mon copain Thibault. Regardez bien, nous la nommerons ainsi : *Cédant à ses pulsions les plus cochonnes, Marie la chaudasse se crame la chatte à la cire chaude.*

Et Landard se mit à applaudir.

– Très cher jury des Beaux-Arts, je voudrais attribuer une mention spéciale au jeune Thibault dans la catégorie pornographie religieuse. Si le jury n'est pas d'accord qu'il le dise haut et fort, ou qu'il se taise à jamais.

Alors, quasi simultanément, le lieutenant Gombrowicz et le substitut Kauffmann éprouvèrent l'irrépressible besoin de sortir, de quitter cette atmosphère irrespirable, le premier pour trouver les toilettes et libérer enfin son estomac de ce hamburger-frites qui le martyrisait depuis une bonne heure, la seconde pour rejoindre le salon et entrouvrir la première fenêtre venue. Le faible courant d'air qui filtrait à travers les persiennes obturées lui fit un bien immense, et Claire Kauffmann resta ainsi, la main sur la poignée de la fenêtre et le front appuyé au volet.

– Mon fils s'est réfugié depuis longtemps dans la religion, mademoiselle. Voilà peut-être un an que sa piété a viré à l'obsession. Depuis le début de l'été, je ne le vois plus. Il passe toutes ses journées à Notre-Dame. Pourtant, croyez-moi, mademoiselle, Thibault n'est pas un assassin.

Claire Kauffmann, après une ultime bouffée d'oxygène, se tourna vers la mère du suspect.

— Vous avouerez, madame, que votre fils a une curieuse vision de la religion. Et une bien sale vision de la femme.

La mère de Thibault baissa la tête et Claire Kauffmann, que ce silence irritait, décida d'entamer l'interrogatoire.

— À quelle heure est-il rentré dimanche soir ? Vous vous en souvenez ?

— Je me couche vers huit heures. Je suis malade, vous comprenez. Je suppose que le chagrin me ronge depuis toutes ces années. La mort de mon mari. J'ai peur de tout. Je n'ose plus sortir. J'ai des vertiges. Si vous saviez, mademoiselle, la vie que j'ai eue après la mort de mon mari... Élever un garçon seule, vous savez... Vous êtes bien jolie... Vous avez des enfants ?

— Par conséquent, vous n'avez pas entendu votre fils rentrer ? Pas même un vague souvenir ? Un bruit... Quelque chose... Réfléchissez... C'est peut-être important.

Elle lui adressa un regard hagard, perdu, une supplication qui signifiait clairement : *que faut-il dire pour innocenter mon fils ? À quelle heure faut-il qu'il soit rentré dimanche pour être définitivement blanchi ?*

Mais tout ce qui sortit de ses lèvres fut un murmure inaudible qui s'acheva en sanglot.

Au bout du couloir, Thibault s'était assis sur son lit, la tête perdue entre ses mains d'adolescent, entouré de sa pornographie d'illuminé tracée au crayon noir. Landard lui posa un doigt sur l'épaule.

— Allez viens, mon Thibault. On va rentrer au dépôt. Tu passeras la nuit là-bas. J'espère qu'elle te portera conseil. T'as une décision à prendre, mon garçon.

Demain matin on aura à nouveau une petite discussion toi et moi. Ensuite on te présentera à un juge d'instruction. Il faudra que tu te montres un peu plus bavard qu'aujourd'hui. Tu comprends ce que je te dis ? C'est bientôt le moment, mon Thibault. T'as plus vraiment le choix maintenant, il va falloir cracher le morceau... Remets-lui ses menottes, Gombrowicz. On va voir ce que fait le proc et puis on rentre à la maison.

Gombrowicz se pencha au-dessus du garçon pour lui attacher les poignets. C'est alors qu'il remarqua, dissimulé derrière la tête du lit, un interrupteur dont la fabrication lui parut des plus artisanales. D'un geste du menton, il attira l'attention de Landard. Le commandant tendit la main vers le mur. L'ange blond l'arrêta aussitôt de sa voix haut perchée.

— Ne touchez pas à ça. Je vous interdis d'y toucher, vous m'entendez ? Je vous interdis de toucher à ce bouton...

— Je vais me gêner, mon Thibault... Gombrowicz, tiens-toi prêt... On ne sait jamais...

Soudain tendu par une décharge d'adrénaline, Gombrowicz posa la main sur l'arme de service qu'il portait à la ceinture. Landard compta jusqu'à trois tandis que les protestations du garçon allaient s'amplifiant, puis l'officier pressa l'interrupteur. La pièce fut plongée dans une obscurité que le gros scotch sur les volets rendait totale. Gombrowicz tira lentement son arme de l'étui.

— Landard ? Landard, putain, qu'est-ce qui se passe ?

Avant même que son supérieur ne puisse ouvrir la bouche, Gombrowicz obtint sa réponse. Dans ce noir impénétrable qui les entourait tous, les trois ou quatre cents Vierges alignées sur les étagères se mirent soudain à clignoter à l'unisson, et aussitôt la chambre prit des allures de fête foraine.

Affaissé sur son lit, Thibault pleurait dans la lumière intermittente. Entre deux sanglots, il laissait échapper deux syllabes enfantines qu'il semblait prêt à répéter jusqu'à la fin de la nuit : « Maman... Maman... »

MERCREDI

Il était entré par la porte Sainte-Anne, avec les premiers touristes de la journée, chargé de son éternel sac à motifs camouflage qu'il portait en bandoulière, vêtu comme chaque jour de l'année, hiver comme été, de son bien le plus précieux : une doudoune lie-de-vin déchirée et crasseuse dont s'échappaient sans cesse des plumes qui venaient parsemer le dallage et permettaient de le suivre pour ainsi dire à la trace.

Une fois à l'intérieur, il s'agenouilla en plein milieu du narthex, dans l'axe de l'allée centrale, et fit le signe de croix. Il marmonna dans sa barbe blonde qu'il avait longue et emmêlée, puis se releva maladroitement, entraîné sur sa gauche par le poids de son sac et aussi, comme chaque jour dès huit heures, par son état d'ébriété avancé. Étant parvenu tant bien que mal à se rétablir, il se dirigea sur sa droite vers la colonne sud dans laquelle était scellé un bénitier aux trois quarts plein. Alors, avec un soin maniaque, presque coquet, il plongea ses doigts dans l'eau bénite et entreprit de se laver l'intérieur des oreilles.

– Kristof ! Mais qu'est-ce que tu fais, Kristof ? Mais pas dans le bénitier, enfin… Tu n'as vraiment nulle part ailleurs où faire ta toilette ? Et la fontaine sur le parvis ? Enfin, Kristof !

Kristof s'excusa dans un incompréhensible mélange de polonais et de français, puis il ramassa son sac et prit la direction de la sortie. Après quelques pas cependant, il parut se raviser, regarda autour de lui, quelque peu désorienté, et dévisagea celui qui venait de le rabrouer en douceur, finissant par reconnaître le père Kern. Alors son visage fatigué par l'alcool et le manque de sommeil s'illumina, et aussitôt il s'approcha de nouveau, martelant de ses doigts épais comme des saucisses les quatre points de la croix sur sa poitrine.

– Moi te dire ! Moi voir ! Moi te dire !

Kristof partageait son temps entre la mission catholique polonaise, dans le 18e arrondissement, et la cathédrale Notre-Dame qu'il fréquentait depuis maintenant trois ans. Il y trouvait un peu de chaleur en hiver, de la fraîcheur en été. En général, il s'asseyait dans un coin à l'écart et restait la journée entière à dormir, sa grosse tête blonde oscillant de haut en bas, par à-coups, au gré de ses réveils et de ses somnolences. Parfois, il s'installait sous le grand Christ en croix côté sud, près du bocal, sur l'une des chaises réservées aux fidèles attendant leur tour pour passer à confesse. Or Kristof sentait terriblement mauvais et son odeur, faite d'un mélange de crasse et d'alcool rance, avait tôt fait de chasser jusqu'au dernier des candidats au pardon. Ceux-ci, indisposés et outrés, ne manquaient pas d'avertir l'un des surveillants de la cathédrale à qui il incombait alors d'évacuer Kristof hors de l'édifice, d'une main douce mais ferme, gantée à tout hasard de latex antibactérien. Kristof, invariablement, se mettait à gueuler dans ce mélange de langues qui n'appartenait qu'à lui, arguant qu'il avait aussi bien le droit de se confesser que les autres, ou de prier, ou de dormir en paix en plein milieu de la cathédrale. Et plus il gueulait, plus il se voyait entouré de surveillants eux aussi gantés, comme surgis par enchantement de derrière les piliers, qui le ramenaient vers son lieu principal de résidence : le square Jean-XXIII, qui séparait Notre-Dame de la Seine et dans lequel Kristof, chaque soir, après s'être soustrait à la ronde d'un préposé aux jardins de la Ville de Paris, dépliait son sac de couchage et s'allongeait pour dormir.

Une fois seulement, Kristof avait osé pénétrer pour de bon dans le bocal. Le père Kern, qui se trouvait de permanence ce jour-là, avait exceptionnellement laissé la porte ouverte et actionné la commande du vasistas aménagé dans le vitrail de la chapelle pour y créer un courant d'air, puis il avait pris le temps d'écouter l'histoire de Kristof sans y comprendre grand-chose, de sa Pologne natale aux rues de Paris, après bien des détours, des cuites et des bagarres. Depuis ce jour-là, Kristof lui en était resté reconnaissant.

Kristof n'était pas bien méchant. Seul l'alcool pouvait le rendre quelque peu agressif, mais rarement, et ses crises de mauvaise humeur le faisaient alors ressembler à un gros ours vêtu d'une doudoune rouge crasseux. En général, il se calmait aussi vite qu'il s'était énervé, regardant autour de lui comme il venait tout juste de le faire avec le père Kern, se rappelant soudain qu'il se trouvait dans une église. Or une église, il le savait depuis son enfance passée dans un faubourg de Cracovie, était un lieu réservé au calme et à la prière. Un lieu d'où les cris et l'alcool devaient être bannis ; un lieu où la violence, le meurtre, la mort, n'avaient pas leur place non plus.

— Moi te dire, moi voir ! Moi savoir !
— Qu'est-ce que tu sais, Kristof ? Qu'est-ce que tu veux me dire ?

– La fille ! Moi voir !
– Quelle fille, Kristof ?
– La fille blanc !

Le père Kern prit le routard polonais à l'écart et lui fit signe de contenir sa voix d'ours.

– Quand l'as-tu vue, Kristof ? Essaie de te rappeler. Quel jour, à quelle heure ?
– *W niedzielę wieczorem.*
– Je ne comprends pas ce que tu dis. Était-ce dimanche ? Dimanche soir ?
– *Tak*. Dimanche.
– À quelle heure ?

Kristof ne comprit pas la question, aussi le père Kern désigna-t-il sa montre pour se faire comprendre. Le Polonais écarta les bras en signe d'impuissance, puis montra à son tour son poignet nu de tout bracelet.

– *Nocy...*
– La nuit ? C'est ça, Kristof ? Il faisait déjà nuit quand tu l'as croisée ?
– *Tak. Nocy.*
– Raconte-moi, Kristof. Où l'as-tu vue ? Était-elle seule ? Qu'est-ce qu'elle faisait exactement ?

Alors Kristof fit un effort démesuré pour se souvenir. Malgré la fatigue, malgré l'alcool, malgré les mille difficultés qu'il lui avait fallu contourner depuis ce déjà lointain dimanche soir pour trouver à manger, à boire, où dormir et pour échapper aux bagarres, il fit l'effort de fouiller sa mémoire et parvint tant bien que mal à organiser ses idées. Mais au moment de devoir les exprimer, il se heurta de plein fouet à la barrière de la langue. Le père Kern s'impatientait. Kristof tenta de s'exprimer par gestes mais les paluches du Polonais demeuraient elles aussi muettes.

– Ça ne fait rien, Kristof. Dis-le-moi dans ta langue.

On ne sait jamais, peut-être qu'un ou deux mots me diront quelque chose. Essayons voir.

Kristof prit une profonde inspiration puis, dans un murmure, dans un souffle aux forts relents d'alcool, il se lança.

– *Byłem w ogrodzie. Szedłem spać, schowany za roślinami. Przez ogrodzenie widziałem tył katedry. Zauważyłem dziewczynę otwierającą bramę od strony ulicy. Miała klucz od kłódki. Weszła do ogrodu. Cała była ubrana na biało. Wyglądała pięknie w świetle gwiazd. Weszła na schody i zapukała do drzwi z tyłu katedry. Gdy drzwi się otworzyły, weszła do środka. Nie wiem, co zdarzyło sie później.*

Ébahi, le prêtre regarda autour de lui puis tourna son regard vers le grand Christ en croix du mur sud. Y avait-il eu un coup de pouce ? Une influence ? Une présence ? Comment sinon expliquer ce qui venait de se passer ? Le père Kern ne parlait pas un mot de polonais, or il lui semblait bien avoir compris ce que Kristof voulait lui rapporter. Mais aussitôt le petit prêtre pensa : « Te jouerais-tu de moi, Seigneur ? » Car cette parole déroutante droit sortie de la bouche d'un clochard contenait plus d'ombre que de lumière. À dire vrai c'est toute la cathédrale qu'elle semblait avoir plongée dans le noir. Notre-Dame de Paris avait été souillée. Par qui, Kern l'ignorait encore.

Il leva les yeux vers les hautes voûtes noircies jour après jour, mois après mois, année après année, par le souffle acide de centaines de milliers de visiteurs. Il murmura : « Priez pour nous, pauvres pécheurs. » Il murmura : « Le péché a pénétré entre ces murs. Il n'a pas eu besoin d'entrer par le trou de la serrure. Tout simplement parce qu'il avait la clé. » Et il murmura encore : « Voilà le sens de Ton signe, Seigneur. Tu me plonges dans l'obscurité pour me pousser à retrouver le chemin de la lumière. La clé du péché, Tu me l'as mise au creux de la main pour éprouver ma foi. À moi de voir quelle porte elle ouvre. À moi de découvrir l'identité du tueur. »

Et face au petit prêtre perdu dans ses messes basses, le routard polonais, engoncé dans sa doudoune crasseuse, se demandait ce que pouvait bien vouloir dire ce charabia.

*
* *

— Hamache Luna. Vingt et un ans, née à Paris 18e. Étudiante en licence d'histoire à Villetaneuse. Domiciliée chez ses parents, rue Guy-Môquet. Père d'origine algérienne, au chômage ; mère française, aide-soignante à Beaujon. Ça te dit quelque chose, mon Thibault ?

— Non. Qui est-ce ?

— C'est la nana qu'on a étranglée dimanche soir en plein *Réjouis-toi Marie*. Son père a reconnu sa photo dans *Le Parisien* d'hier. Pas facile d'apprendre la mort de sa fille en ouvrant le journal sur le comptoir d'un troquet, pas vrai, mon Thibault ?

— C'est terrible, oui.

— Terrible ?... Tu sais où sont les parents en ce moment ? À l'institut médico-légal, en train de reconnaître un cadavre qu'on leur a sorti d'un tiroir. Tu crois pas que c'est le moment de te montrer un peu plus bavard, mon Thibault ?

— Puisque je vous dis que je ne lui ai rien fait, à cette pauvre fille.

— Rien fait ? Tu plaisantes, garçon ? On a pas loin de cinquante témoins qui t'ont vu lui cogner dessus pendant la procession, à cette pauvre fille, comme tu dis. Et moins de cinq heures plus tard, en pleine séance de cinoche à Notre-Dame, quelqu'un lui serrait le cou au point de l'envoyer pour de bon au paradis. Tu m'excuseras, mon Thibault, mais on a quand même de sérieuses raisons de penser que le cinglé qui l'a zigouillée, c'est toi.

– Vous n'avez aucune preuve.

– Des preuves, on en aura dans moins de deux heures. Tu sais pourquoi, mon Thibault ? Parce que dans moins de deux heures, le légiste aura terminé son rapport d'autopsie. À ton avis, c'est l'ADN de qui qu'on va trouver sur ses habits, à la pauvre fille ? Moi, tu vois, question preuves, je m'en fais pas trop, surtout vu la pile de petits dessins pornos qu'on a trouvée chez toi. Ce que j'aimerais comprendre, en revanche, c'est pourquoi. Pourquoi et comment ?

– Demandez-le à l'assassin. Moi je n'y suis pour rien.

– Je vais te dire, moi, ce qui s'est passé. Je vais te le dire exactement. Dimanche, tu t'es pointé à la cathédrale comme chaque année le jour de l'Assomption. Comme chaque année, t'avais ton crucifix dans une main et ta bite dans l'autre, façon de parler, mon Thibault, tu m'excuseras.

– Tout de même, commissaire, vous avez de ces mots dans la police.

– Le jour de l'Assomption, c'est un peu le jour de l'an pour les fétichistes de la Sainte Vierge, pas vrai mon Thibault ? C'est le seul jour de l'année où ils vous sortent la statue en argent. Un coup de chiffon et en avant, c'est parti pour un petit tour de Paris. Les chevaliers, les curés, les vieilles grenouilles de bénitier, tout le monde suit... Et puis dans le tas, il y a aussi les dégénérés dans ton genre qui prennent des photos en attendant de pouvoir rentrer chez eux se palucher toute la soirée. Pas vrai, mon Thibault ?

— Je ne sais pas.

— C'est ça, attends un peu, elle est pas finie mon histoire. Imagine-toi qu'en plein milieu de la procession, t'en rencontres une deuxième, de Vierge Marie, qui ressemble à ta statue comme à une sœur, sauf que celle-là elle est pas en argent mais bien en chair, habillée tout en blanc, comme celle de Lourdes, mais tout de même un poil vulgaire, avec une mini et des jolis nibards, tu vois qui je veux dire ?

— Je crois, oui.

— Et la petite, là, qui a tout de même le droit de faire prendre l'air à ses miches – après tout, on est en France, merde, ici c'est pas l'Arabie saoudite ! –, elle t'excite tellement que tout à coup tu te dis dans ta petite tête de dégueulasse : putain celle-là il faut qu'elle arrête sa provoc, sinon moi je deviens dingue pour de bon. Alors tu commences à lui taper dessus comme sur un sac de grain, pas vrai mon Thibault ? Tu lui cognes dessus jusqu'à la faire saigner, jusqu'à ce que mon copain Mourad intervienne avec toute la finesse qu'on lui connaît. J'ai pas raison jusqu'à maintenant, mon Thibault ? C'est pas exactement ce qui s'est passé ?

— Ça ne prouve rien.

— Alors toi tu t'en vas, tu vas faire un petit tour jusqu'au soir. Et puis sur le coup de neuf ou dix heures, ta libido te reprend. Il faut que t'ailles voir ta Vierge Marie sur grand écran. Qui sait ? Peut-être même que dans le noir tu pourras te faire deux ou trois attouchements. Et là, sur qui tu tombes, en pleine Notre-Dame de Paris plongée dans le noir ? Sur la petite mignonne en mini. Dans l'obscurité, tu ne vois qu'elle. Dans sa robe blanche, je te jure, elle est fluorescente, une véritable apparition, pas vrai mon Thibault ? Alors t'attends un peu, t'attends qu'elle se lève, qu'elle aille faire un tour, qu'elle aille allumer une bougie sous je ne sais quelle statue dans un coin sombre, et là tu lui retombes dessus. Et tu sais ce qui se passe ensuite, mon Thibault ? Cette petite conne, elle se met à crier. Elle se met à vouloir appeler. Alors tu lui mets la main sur la bouche, tu lui mets la main sur le nez et puis tu te mets à paniquer. Bien sûr, il y a les haut-parleurs du cinoche qui crachent tout ce qu'ils peuvent cracher, du *Réjouis-toi Marie* à fond les décibels. Mais quand même, l'autre elle continue de gigoter, pas vrai mon Thibault ? Alors toi qu'est-ce que tu fais ? Tu lui passes ton bras autour du cou et puis tu tires, tu serres, t'écrases de toutes tes forces... Jusqu'à ce que ta madone elle ne bouge plus, immobile, immobile et belle, immobile et belle comme une statue... Dis-moi, mon Thibault, dis-moi que c'est ça qui s'est passé.

– C'est faux, commissaire. C'est n'importe quoi, votre histoire.

– Vous commencez à me faire chier, toi et ta mère, à me donner du commissaire. On n'est pas chez Maigret, ici ! Commandant ! À partir de maintenant tu m'appelles commandant !

– Bien, commandant.

– Et alors, et ensuite ? Tu t'es laissé enfermer ? Tu t'es planqué dans le fond d'une chapelle avec ta morte dans les bras en attendant que la cathédrale ferme ? C'est ça ? T'as eu du bol, tu sais mon Thibault, t'as eu de la chance que le Mourad il fasse pas sa ronde ce soir-là. Une fois seul avec elle, t'as eu tout le temps de lui faire tes trucs dégueulasses à la cire. T'as eu tout le temps de lui refaire sa virginité à coup de cierge. C'est tellement plus rassurant pour les barjots comme toi, une femme réduite à l'état de statue, blanche, vierge, morte, à qui on ne peut plus rien faire... Une relique... Reste seulement à la vénérer... Et après ? Qu'est-ce qui s'est passé ? T'as tranquillement attendu le matin que la cathédrale rouvre ? C'est ça ? T'es sorti en sifflotant, enfin calmé, les mains dans les poches ? C'est ça ?

— Je ne sais pas. Moi je n'y étais pas. J'étais au lit en train de dormir.

— Tu commences sérieusement à me les gonfler, mon Thibault. Tu feras moins le malin tout à l'heure devant le juge d'instruction.

— Quelle heure est-il ?

— Pourquoi tu veux savoir ?

— Comme ça.

— C'est quelle heure, Gombrowicz ?

— Onze heures passées.

— C'est quoi, ce sourire ?

— Dans moins d'une heure ma garde à vue expire.

— Et alors ? Tu crois qu'on va te laisser sortir ?

— Vingt-quatre heures. C'est la loi, commandant.

— Tu vas voir, mon Thibault. Ici quand on aime bien les gens, on a le droit de les garder un peu plus longtemps. J'espère que t'aimes ta chambre et tes petits colocataires du dépôt parce que tu risques d'y passer une nuit supplémentaire. Gombrowicz ? Tu m'appelles la petite proc, tu veux bien ?

*
* *

Il s'était fait une opinion sur leurs manières. La violence avec laquelle il les avait vus arrêter leur suspect dans le confessionnal de verre ne lui avait inspiré que du mépris et de la peur. Kristof, pour qui tout ce qui portait un uniforme était suspect, voire ennemi, accepterait-il de leur parler ? Répéterait-il ce qu'il avait dit avoir vu, le soir du meurtre, dans le jardin derrière la cathédrale ? Les chances étaient infimes. Pour ainsi dire inexistantes. Le routard polonais pouvait tout aussi bien filer ailleurs, quitter les alentours de Notre-Dame à la moindre perspective de confrontation avec les forces de l'ordre et ne plus jamais réapparaître.

Que faire ? Où aller ? Qui voir ? Depuis qu'il était aumônier à Poissy, il avait appris à aborder cette machine immense avec prudence : la Justice française, aux buts si nobles en apparence, à la fonction si nécessaire, et qui pourtant offrait un visage si différent selon qui lui faisait face. Trouver le bon interlocuteur, frapper à la bonne porte. Le sort du garçon blond, celui qu'ils avaient menotté sous ses yeux et sous les yeux du Christ, en dépendait peut-être.

Le père Kern évita la sacristie et sortit directement par la porte Saint-Étienne, côté Seine. Il longea la cathédrale, passa devant le presbytère où logeait le recteur et leva les yeux vers les fenêtres de son appartement. Il serait toujours temps de l'avertir plus tard. D'ailleurs le petit prêtre ne savait trop quoi lui dire. Fallait-il lui parler de Kristof ? De cette traduction quasi miraculeuse du polonais vers le français dont il semblait avoir bénéficié ? Curieusement, Kern hésitait à partager cette expérience, y compris avec un autre ecclésiastique de la cathédrale. Pourtant ce n'était pas le choix qui lui manquait. Notre-Dame comptait une vingtaine de prêtres permanents – chanoines, chapelains, prêtres d'accueil ou prêtres étudiants –, sans compter les curés de passage venus de France ou de l'étranger pour assurer les remplacements d'été. Avec certains d'entre eux, Kern avait noué des liens allant au-delà du spirituel et du professionnel. Une véritable relation d'amitié s'était créée. Pourtant, à cet instant précis de son parcours au sein de la cathédrale, il préférait se complaire dans une certaine forme de solitude, chargé d'un poids encore imperceptible dont il devinait qu'il allait s'alourdir dans les heures à venir.

Il franchit la grille qui le séparait du parvis. Il marchait droit devant lui, traversant la place d'un pas qu'il voulait volontaire mais qui, mètre après mètre, se faisait en réalité de plus en plus indécis.

Il s'arrêta en plein milieu du vaste carré, les yeux fixés au sol, aussitôt abordé par une mendiante rom qui lui tendit une carte postale éculée sur laquelle était inscrit un non moins éculé appel à la générosité. Elle lui demanda de l'aider à nourrir son bébé, elle lui demanda de l'argent pour son frère handicapé, pour sa mère grabataire. Il fixa les sandales en plastique et les orteils aux ongles trop longs qui venaient de faire irruption dans son champ de vision, puis releva la tête et dévisagea la jeune femme. Sous sa tignasse hirsute, elle avait des yeux verts d'une prodigieuse beauté. Elle les baissa pour apercevoir, épinglée au revers de la veste du père, une petite croix métallique, seul signe distinctif de son sacerdoce. Elle ne le savait que trop, les prêtres de Notre-Dame n'étaient en général pas du genre à mettre la main à la poche pour financer les bonnes œuvres roumaines. Comprenant son erreur, elle se mit à rire et dévoila une dentition aux reflets métalliques. Le père Kern lui rendit son sourire et poursuivit son chemin.

Un peu plus loin, il trouva face à lui une seconde mendiante. Celle-ci n'arrivait pas de Roumanie mais de la Maison de la Radio. Elle lui tendit un rectangle de carton sur lequel était inscrit son nom sous un logo de Radio France. Elle lui demanda s'il avait assisté la veille à l'arrestation du suspect. Elle lui demanda son témoignage, elle lui demanda si le jeune homme en garde à vue était un habitué de Notre-Dame. Il fixa le micro qu'elle lui tendait et répondit que toute interview devait faire l'objet d'une demande auprès du service de presse de la cathédrale. Puis il s'éloigna après l'avoir gratifiée d'un bref salut de la tête.

Il prit le quai du Marché-Neuf, avançant à l'encontre de la circulation automobile. Il laissa la préfecture de police sur sa droite, traversa le boulevard du Palais et s'arrêta une nouvelle fois, petite silhouette immobile, perdue dans le flot ininterrompu de touristes en visite. Devant lui débutait le quai des Orfèvres. À peut-être cent mètres c'était le numéro 36. Il fourra les deux poings dans les poches de sa veste. De sa main gauche, il sentit sa pipe et sa blague à tabac qui ne le quittaient jamais. Il s'approcha du parapet du pont Saint-Michel, y déposa son paquet de Peterson et entreprit de bourrer sa pipe tout en observant la Seine couler. En contrebas, un bateau-mouche s'apprêtait à passer sous le pont. Depuis la galerie supérieure du navire, une enfant blonde lui fit un signe de la main. Le père Kern y répondit avec un temps de retard, alors que la petite fille avait déjà disparu derrière la pile du pont. Il alluma sa pipe. Laissa le goût et l'odeur du tabac envahir son nez, sa bouche, sa gorge.

Il pensa à Djibril, à ce destin qu'il était désormais incapable d'infléchir derrière les murs de sa prison. Il pensa au conseil donné par l'assassin : prier, oui, mais agir aussi ; agir avant qu'il ne soit trop tard, agir tant que la liberté de choix et d'action est là. Enfin il pensa à son frère. Agir, agir avant que la mort ne vienne nous cueillir, agir avant de finir en poussière. Agir avant d'être enterré sous les regrets et les pelletées de terre.

Il rangea sa blague dans sa poche gauche et, suivi par le filet de fumée parfumée qui s'échappait par intermittence de sa pipe, il prit sur sa droite en direction du boulevard du Palais.

*
* *

La matinée des déférés s'était achevée en beauté par le cas d'un carreleur de trente-huit ans. La nuit précédente, en état d'ébriété avancé, il avait frappé sa femme à coups de marteau devant ses trois enfants de douze, dix et sept ans. Elle était actuellement à l'hôpital, l'omoplate fracturée. Lorsque Claire Kauffmann lui avait demandé les raisons de son geste, l'homme, assis face à elle dans le minuscule box d'interrogatoire, avait d'abord haussé les épaules avant de répondre : « La fatigue. » Dans un claquement sec, la substitut avait refermé son dossier contenant le rapport de police avant de lui proposer une comparution immédiate.

Sa lourde paperasse au creux du bras, elle avait emprunté les interminables couloirs du Palais de justice, les escaliers en tous sens, les portes qui grincent, longé les murs lépreux, ramassé au passage des bouts de feuille ou de Post-it griffonnés à la va-vite, tombés des portes sur lesquelles on les avait collés pour indiquer que tel juge, tel substitut avait été déménagé ailleurs par manque de place ou de moyens. Elle avait croisé des greffiers, des magistrats, des policiers ; des justiciables aussi, hagards, perdus dans ce labyrinthe éclairé au néon où même les professionnels peinaient parfois à s'orienter, certains menottés et tenus en laisse par un gendarme, le regard fixe habité par l'ennui, l'angoisse et la fatigue d'une nuit passée au dépôt du Palais.

Elle avait rejoint son bureau pour y poser sa pile de dossiers, saisissant aussitôt celui du jeune Thibault, le suspect dans l'affaire de l'assassinat de Notre-Dame dont la garde à vue de vingt-quatre heures expirait et qu'il était nécessaire de renouveler d'urgence. Au moment de ressortir, le téléphone avait sonné. Sa collègue substitut avait pris l'appel tandis que Claire Kauffmann s'immobilisait dans l'embrasure de la porte. « C'est l'accueil côté boulevard du Palais, avait dit la collègue, apparemment il y a un prêtre de la cathédrale qui désire te parler. » Elle avait répondu : « Plus tard. » Elle avait dit : « Donne-lui ma ligne directe et dis-lui de rappeler dans deux heures. » Puis elle était sortie, le dossier au creux de son bras, à petits pas pressés et haut perchés, en direction de la Brigade criminelle où l'attendaient le commandant Landard et son assassin présumé.

Une fois entrée dans la pièce, elle fut saisie d'un haut-le-cœur. L'atmosphère était irrespirable et le nuage de fumée à ce point dense qu'elle devina plus qu'elle ne vit Landard, assis comme à son habitude sur un coin de bureau. Face à lui, menotté à sa chaise, le suspect paraissait fixer les chaussures de l'officier de police judiciaire. Landard se leva et rejoignit la procureur près de la porte. Ils parlèrent un moment à voix basse.

— C'est une nouvelle technique d'interrogatoire, commandant ? Vous fumez vos suspects comme des harengs ?

— Absolument, mademoiselle Kauffmann. La nuit nous les mettons à mariner dans les sous-sols humides du dépôt. Le jour nous les fumons sous les toitures du quatrième. Alternance de fraîcheur et de chaleur caniculaire. C'est un petit mélange qui a déjà fait ses preuves. Les gardés à vue en sortent – comment dirais-je ? – attendris, sages, enclins au bavardage.

– Sérieusement, commandant, vous permettez que j'ouvre le Velux ? On étouffe, ici.

– Si vous y tenez. C'est toute une atmosphère qu'il me faudra reconstituer une fois votre charmante silhouette sortie d'ici.

– Où est le lieutenant Gombrowicz ?

– En bas dans la cour. Je l'ai envoyé manger son sandwich. On y va, madame le procureur ? On lui offre un second tour, à notre petit ange blond ?

– Ne l'appelez pas comme ça, commandant.

– Ça vous gêne ?

– Vous savez aussi bien que moi que ce garçon n'a rien d'un ange.

– Pas de quoi s'énerver. C'est juste un petit nom amical.

– J'en ai assez qu'on donne des surnoms affectueux aux pervers, vous comprenez ? J'en ai assez qu'un violeur soit qualifié de libertin ou de séducteur. J'en ai assez des sous-entendus du genre : « Mais qu'est-ce qu'elle faisait chez ce mec à une heure pareille, aussi ? » J'en ai assez des doux euphémismes qu'utilisent les maris violents pour expliquer qu'ils ont envoyé leur femme aux urgences. J'en ai assez des « bien sûr que non je l'ai pas frappée, juste une ou deux baffes pour la calmer ». Dans nos métiers, commandant, les mots ont une importance, les mots ont un sens, les mots ont un poids. Les termes viol et homicide ont une conséquence pénale, et je trouve particulièrement tendancieux qu'un professionnel comme vous qualifie de « petit ange blond » un prévenu soupçonné d'agression sexuelle et d'assassinat. Vous avez préparé le formulaire ?

Landard céda la place à la magistrate derrière le bureau. Elle ouvrit grand le Velux et s'assit face à Thibault, l'examinant attentivement. D'angélique, il n'avait plus que le surnom. Sa nuit passée au dépôt l'avait visiblement cassé, défait. Landard faisait le siège d'une forteresse prête à tomber. Si le garçon avait quelque chose à se reprocher, il faudrait moins d'une heure pour le lui faire avouer.

– Jeune homme, je suis venue vous signifier la prolongation de votre garde à vue pour une durée supplémentaire de vingt-quatre heures.

Le garçon fixait toujours l'emplacement sur le côté du meuble laissé vacant par les chaussures du commandant. Il n'avait pas accordé la moindre attention au substitut.

– Vous m'avez entendue ? Est-ce que vous allez bien ?

Sans un mouvement, sans même cligner des paupières, il se mit à parler, et Claire Kauffmann fut soudain frappée par sa pâleur extrême.

– Ils sont allés voir ma mère, madame. Ils sont allés la voir et ils l'ont fait parler. Ensuite ils l'ont montrée sur leurs écrans comme une bête de cirque, des larmes plein les joues et son visage plus ridé que celui d'une momie. Ils ont montré ma mère en pleurs à des millions de téléspectateurs.

Claire Kauffmann se tourna vers l'officier de police.

– Qu'est-ce qu'il raconte ? De quoi parle-t-il ?

– Vous n'avez pas regardé ? Ils ont interviewé sa mère, ils l'ont passée au journal de treize heures.

– Vous plaisantez ? Quelle chaîne ? Qui les a mis au courant de l'identité du suspect ?

– Aucune idée, madame le procureur. Je suppose

qu'ils ont cherché, qu'ils ont fait leur boulot, comme vous et moi.

— Et qui lui a fait voir l'interview ?

— On s'est accordé une petite pause pendant l'interrogatoire, y a pas dix minutes de ça. Gombrowicz avait visiblement besoin de prendre l'air, je l'ai envoyé en bas. Thibault et moi, on a tranquillement regardé les infos en vous attendant, comme un vieux couple autour d'un petit plateau-télé.

À l'évocation du reportage télévisé le jeune homme sembla soudain pris d'un vertige. Claire Kauffmann contourna le bureau et lui posa la main sur l'épaule.

— Commandant, ôtez-lui ses menottes.

— C'est pas très prudent, madame le procureur.

— Commandant Landard, je vous demande de lui enlever ses menottes immédiatement. J'appelle un médecin.

Landard obtempéra puis laissa faire la substitut, se calant, mains dans les poches, à l'autre bout de la pièce, l'air boudeur. Elle décrocha le combiné du téléphone. Tandis que la ligne sonnait, elle se tourna de nouveau vers le garçon. Il finit par lever un regard vide de tout vers la jeune femme, et celle-ci remarqua pour la première fois à quel point ses yeux étaient clairs, d'un gris presque translucide, d'un gris de papier calque qu'il lui aurait suffi de déchirer en douceur pour sonder l'intérieur de son âme. Il joignit ses mains qu'il avait désormais libres et récita dans un murmure : *Je vous salue Marie, pleine de grâces, le Seigneur est avec vous, vous êtes bénie entre toutes les femmes, et Jésus le fruit de vos entrailles est béni. Sainte Marie, mère de Dieu, priez pour nous pauvres pécheurs. Maintenant et à l'heure de notre mort.*

Et aussitôt après, il se leva et se mit à courir.

*
* *

Depuis maintenant trois heures, la ligne de la substitut Kauffmann sonnait dans le vide. Le père Kern n'avait jamais jugé bon de se procurer un téléphone portable, une coquetterie qu'il regrettait à présent amèrement, forcé d'abandonner son bocal entre deux confessions pour se rendre à la sacristie, devant laquelle se trouvait un Taxiphone antédiluvien dont personne ne se servait plus depuis l'avènement de la téléphonie mobile. Pour atteindre l'objet en question, fiché au bout du couloir qui reliait la cathédrale à la sacristie, il lui fallait faire le tour du déambulatoire par le côté nord, afin d'éviter à tout prix le côté sud, celui où madame Pipi avait, comme d'habitude, déposé son séant et son couvre-chef à fleurs pour la journée. Un peu plus tôt dans l'après-midi, tandis que Kern errait dans la cathédrale entre deux tentatives pour joindre le Palais de justice, il avait croisé le regard de la vieille dame au chapeau, un regard encore plus halluciné qu'à l'accoutumée, un regard par lequel un flot d'angoisse semblait sur le point de s'écouler, un torrent, un cri, prêt à exploser à tout moment au milieu des fidèles et des touristes. Kern avait préféré faire un détour, détachant avec difficulté ses yeux de ces prunelles brillantes qui le fixaient sous les coquelicots en plastique, jugeant son coup de fil à Claire Kauffmann prioritaire sur les confessions de madame Pipi.

Mais une fois le Taxiphone atteint et avant chaque appel, il fallait encore attendre d'être seul, attendre que le sacristain s'en aille nettoyer l'argenterie dans quelque coin éloigné de la cathédrale, attendre que le surveillant de service achève sa pause et son café – le distributeur à l'usage du personnel se trouvant dans la sacristie –, attendre qu'une fidèle venue réclamer quelques gouttes d'eau bénite soit repartie vers son parent malade, le précieux liquide clapotant dans le fond d'une bouteille en plastique. Et lorsque enfin le champ était libre, c'était toujours la même réponse qui se faisait entendre à l'autre bout du fil : une tonalité qui finissait par se faire agaçante et donnait l'impression que le Palais de justice entier avait été évacué suite à l'explosion d'une bombe.

Il était maintenant quatre heures passées. Le père Kern raccrocha une nouvelle fois le combiné, se promettant de retenter sa chance dans les minutes suivantes. Tout comme la veille, il pouvait sentir la fièvre commencer à monter, et cette poussée ne faisait qu'accroître son double sentiment d'urgence et de nervosité. Ce soir il partirait de bonne heure ; sa nuit, il le savait d'avance, ne s'annonçait pas bonne.

Il s'assit sur l'un des coffres en bois disposés dans le couloir de la sacristie. Les vitraux du cloître du Chapitre répandaient sur son dos une lumière teintée de vert. Tout près, sur la droite, derrière la porte tapissée de cuir qui le séparait de la cathédrale, la masse anonyme des touristes faisait entendre son assommant brouhaha digne de Babel, qui se répercutait sans fin, du matin jusqu'au soir, sous les voûtes de la grande nef.

Le père Kern consulta sa montre et se dirigea vers le Taxiphone, très vite interrompu par l'arrivée de Mourad, le surveillant, entré par la porte extérieure qui donnait sur le presbytère. Les deux hommes s'observèrent un instant, chacun comme embarrassé par la présence de l'autre, puis Mourad salua le prêtre d'un signe las et disparut dans la sacristie. Kern se rassit, maussade.

Il lui faudrait de nouveau patienter avant de pouvoir téléphoner.

Il entendit le ronflement de la machine à café. Peu après, Mourad réapparut, un gobelet en plastique à la main. Le surveillant s'effondra plus qu'il ne s'assit à l'autre bout du coffre sculpté où patientait déjà le curé. Ils restèrent là un moment, dans le silence relatif de ce couloir troublé par les soupirs à répétition de Mourad et le bruit de sa spatule en plastique dans le fond du gobelet. Le père Kern se mit à bourrer sa pipe.

— Ça n'a pas l'air d'aller bien fort, Mourad. Quelque chose ne tourne pas rond ?

— Pas rond, mon père, pas rond du tout.

— Allons, racontez-moi. Qu'est-ce qui se passe ?

— Une injustice, mon père, voilà ce qui se passe. Une injustice comme jamais j'ai vu de ma vie.

— Vous étiez au presbytère, c'est ça ?

— C'est ça, mon père.

— Vous étiez chez le recteur, c'est ça ?

— C'est ça, mon père. Tout à l'heure, j'ai reçu un appel sur mon talkie : « Mourad, le recteur veut te voir. » Vous savez, mon père, se faire convoquer là-haut c'est plutôt rare.

— Je sais, Mourad.

— Alors moi je monte au presbytère dare-dare, je frappe, j'entre dans le bureau du recteur. Mon père, vous devinerez jamais de quoi il voulait me parler.

Le père Kern prit le temps d'allumer sa pipe avant de livrer sa réponse. Les volutes lourdes et parfumées s'élevèrent au-dessus de sa tête.

— De votre ronde de dimanche soir dernier, n'est-ce pas ?

Le surveillant se redressa sur son banc.

— Ma parole, mais tout le monde est au courant ici !

Tout le monde a l'air de savoir que j'ai pas fait ma ronde après la fermeture ! Tout le monde, sauf moi !

— Je vous crois, Mourad.

— Parce que je vais vous dire une chose, mon père : ma ronde, je l'ai faite. La nef, les chapelles, le déambulatoire, la sacristie, la cuisine, les sous-sols, les vestiaires...

— Je vous crois, Mourad.

— Alors pourquoi le recteur, lui, il ne me croit pas ?

— Je ne sais pas, Mourad, je l'ignore. Je suppose que la police lui aura dit le contraire. Je suppose qu'à leurs yeux c'est la seule explication possible au drame de dimanche soir.

— Vous voyez, mon père, c'est bien ça le problème. Entre un Gaulois et un Arabe, c'est toujours le Gaulois qu'on croira. Comme ça, sans réfléchir.

— Ce que vous venez de dire s'applique à tout le pays, Mourad. Que vous a répondu le recteur ?

— Qu'une fois toute cette affaire calmée il y aurait, comme il a dit, une réunion disciplinaire. Qu'est-ce que ça veut dire, mon père ?

— Ça veut dire qu'il va falloir vous expliquer, Mourad.

— Qu'est-ce que vous voulez que j'explique ? Qu'est-ce que vous voulez que je prouve si je l'ai faite ou je l'ai pas faite, ma ronde ?

— Sachez ceci : le moment venu, si effectivement vous êtes entendu en commission disciplinaire, vous aurez le droit de vous faire assister par quelqu'un. Si vous êtes d'accord, Mourad, ce quelqu'un, ce pourrait être moi.

Mourad lui lança un regard de travers.

— Vous êtes gentil, mon père. C'est votre côté *je défends les Arabes et les voleurs, je défends les assas-*

sins de Poissy. C'est votre côté bon chrétien, gentil garçon. Je vous remercie bien, mon père, mais je vais vous dire : ici c'est pas Poissy, et moi je suis ni un assassin ni un voleur. Votre pitié, avec tout le respect que je vous dois, vous pouvez la garder. Et si je dis que j'ai fait correctement mon boulot, c'est que c'est vrai. Et je devrais pas avoir besoin d'un prêtre à côté de moi pour que les gens me croient.

Il vida son café d'un trait et s'éloigna vers l'intérieur de la cathédrale, montant le son de sa radio qu'il portait à la ceinture, juste à côté du mousqueton où cliquetaient ses clés.

Le père Kern quitta péniblement le coffre sur lequel il était assis. Déjà les douleurs dans ses membres inférieurs commençaient à se faire sentir. Oubliant un moment le Taxiphone et la substitut du procureur, il emprunta la porte extérieure, descendit les marches de pierre et prit la direction de la résidence du recteur. Il le vit aussitôt, adossé au mur noirâtre de son presbytère. Le père de Bracy aperçut à son tour le père Kern et marcha dans sa direction. Les deux prêtres se rejoignirent à hauteur de la porte Saint-Étienne.

– Vous prenez l'air, monseigneur ?

– Là-haut dans le presbytère il fait une de ces chaleurs. C'est intenable. Qu'est-ce que vous fumez déjà, François, comme tabac ?

– Du Peterson, monseigneur. Un mélange à base de Virginia. Vous ne fumez pas, je crois ?

– Non, en effet. Quand j'étais plus jeune, oui, mais c'était il y a bien longtemps. Vous veniez me voir, François ?

– Je viens d'apprendre que Mourad allait passer en commission disciplinaire.

– Plus maintenant. Je vais laisser ce pauvre Mourad

tranquille et la cathédrale va pouvoir enfin reprendre le cours de sa vie liturgique.

— Pourquoi ? Que se passe-t-il, monseigneur ?

— Je viens de recevoir un appel du ministre en personne. Toute cette regrettable affaire est terminée.

— Le ministre ?

— Le ministre de la Justice, François. Vous n'êtes pas sans connaître l'intérêt tout particulier qu'il porte à notre cathédrale. D'une certaine manière le suspect vient de signer des aveux complets.

— « D'une certaine manière » ? Que voulez-vous dire ?

— Le jeune garçon s'est suicidé en tout début d'après-midi. Une tragédie. Apparemment il a sauté du quatrième étage en plein milieu d'un interrogatoire. Quand ils l'ont transféré à l'Hôtel-Dieu il était déjà mort.

*
* *

Assis sur la margelle, les jambes ballantes au-dessus de l'eau, Gombrowicz regardait couler la Seine. Une demi-heure plus tôt, il était sorti par la porte du 36. Il avait traversé la rue sans se soucier de la circulation. Sans réfléchir, comme guidé par un curieux besoin de voir passer les flots, il avait emprunté l'allée pavée qui descendait jusqu'au fleuve.

Il savait bien qu'en remontant il lui faudrait raconter ce qu'il avait vu, ce qui s'était passé. Une heure. Ils lui avaient laissé une heure pour se calmer et reprendre ses esprits. Il cherchait ses mots en regardant couler la Seine. Il essayait de changer les images dans sa tête en une suite logique de phrases, sans véritablement y parvenir.

Gombrowicz n'avait jamais été doué pour les phrases. Depuis l'école des officiers de police – promotion Dutilleul –, peut-être même depuis le lycée, il ne le savait que trop : les rapports, la paperasse, les procès-verbaux lui seraient une croix à porter. Dieu seul savait combien de rapports un flic pouvait rédiger au cours de sa carrière.

Une fois là-haut, ils lui demanderaient de donner sa version des faits, après avoir entendu Landard, après avoir interrogé la petite substitut. Ils lui demanderaient de transformer ses sensations en mots. Qu'allait-il bien leur dire, aux types de l'IGS ?

J'étais en bas dans la cour du 36. J'étais assis sur l'aile avant de la 308. J'étais en train de terminer mon panini. Je pensais me griller une petite clope avant de remonter.

Qu'allait-il bien leur dire ?

Je venais d'ouvrir ma canette de Fanta orange. J'ai mis la tête en arrière pour boire et j'ai levé les yeux en l'air.

Que fallait-il leur dire ? Fallait-il leur parler du sentiment qui l'habitait depuis la veille, qui l'avait empêché de dormir une bonne partie de la nuit ?

J'ai bien vu que le garçon était au bout du rouleau. Je l'avais déjà vu dans la voiture, hier soir, au retour, après la perquisition. Landard devant qui conduisait à tombeau ouvert et la petite miss assise à côté sur le siège passager, qui regardait la route sans rien dire, avec un air à se faire mettre en congé maladie avant la fin de l'année.

Qu'allait-il bien leur raconter ?

Moi j'ai bien vu qu'il n'allait pas tenir, le gosse. Déjà dans la voiture hier soir, je l'ai senti qui tremblait comme une feuille. Ensuite quand on l'a descendu au dépôt du Palais pour qu'il y passe la nuit, j'ai senti son bras qui mollissait. Quand Landard lui a dit qu'il passerait par la fouille corporelle, il s'est mis à chialer comme un bébé.

Qu'allaient-ils bien pouvoir lui demander ?

Est-ce qu'il a bouffé son Bolino hier soir au dépôt ? Comment voulez-vous que je le sache ? Est-ce qu'ils en avaient assez, déjà, des Bolino ? Parce que hier soir, ils affichaient plutôt complet. Avec qui il a passé la nuit ? Qui d'autre dans sa cellule de sept mètres carrés ? J'en sais trop rien. Ce que je sais, c'est que ce matin il avait pas l'air bien. Le dépôt du Palais c'est pas le Ritz, évidemment. Un café, oui. Bien sûr qu'il a eu droit à un café. C'est même moi qui lui ai payé. Pour une fois la machine était pas en panne.

Que fallait-il leur raconter ? Leur livrer le fond de sa pensée ?

Je vais vous dire, y a un truc qui tourne pas rond dans cette affaire. Depuis le début, un truc me gêne aux entournures.

Fallait-il taire ses intuitions, en rester aux faits ? À la cour du 36 ? Au panini ? À l'aile avant de la 308 ?

J'ai mis la tête en arrière pour boire mon Fanta et puis je l'ai vu à la fenêtre. Je l'ai vu passer par l'ouverture du vasistas à une de ces vitesses. Comme un contorsionniste qui sort d'une petite caisse, si vous voulez, les jambes et les bras en avant, mais en accéléré.

Fallait-il leur parler de cette drôle d'impression ? Une impression bizarre que le temps s'était tout à coup suspendu le temps d'une chute.

Ensuite il est tombé, mais très lentement, comme au ralenti. Et puis dans un silence de mort. Comme une feuille morte, comme une feuille très légère. Ou comme un ange. En tout cas au début. Parce que plus il s'approchait du sol, plus il avait l'air d'être lourd. Vous voyez ce que je veux dire ? Et plus la chute s'accélérait. Parce que quand il a touché le pavé de la cour, il y a eu un bruit très mat, très bizarre, très lourd, comme un piano qui se fracasse, mais sans les notes. Vous voyez ce que je veux dire ? Juste le bruit des os. Voilà. Le bruit des os qui craquent, mais sans les notes.

En revanche, ce qu'il n'était pas nécessaire de leur dire, c'était qu'en voyant le gosse mort à ses pieds il avait hurlé. De cela, il se souvenait avec une extrême précision : il avait lâché sa canette de Fanta et aussitôt après il s'était mis à hurler comme un possédé. Et tout le 36 avait passé le nez à la fenêtre pour voir ce qui se passait.

*
* *

La démangeaison semblait provenir du plus profond de sa chair. Comme si un corps étranger, vivant, dément, avait pénétré son corps et choisi les articulations pour commencer à le dévorer de l'intérieur. Il ne servait à rien de gratter. Ou bien il aurait fallu le faire jusqu'au sang, jusqu'à ce que la peau cède et s'ouvre, jusqu'à ce que les ongles fouillent la viande et rongent le cartilage et l'os.

La fièvre l'avait cloué au lit dès huit heures du soir. Il avait bien tenté de démonter une nouvelle fois son vieux réveil Bayard mais un élancement dans le poignet lui avait fait lâcher son tournevis. Il avait dû céder face à la violence de la crise. Sans prendre la peine de se déshabiller, il s'était allongé sur son matelas, petite silhouette sombre sur un drap blanc, pantin de bois misérable et desséché perdu dans l'immensité d'un lit. Sur la table, le réveil était resté à moitié démonté, ses pièces disséminées face à la photo noir et blanc du frère, tandis qu'à deux mètres de là le père Kern essayait d'oublier qu'il possédait un corps.

Il n'y avait pas de soulagement possible. Il le savait depuis l'enfance. Depuis ce jour où, âgé de cinq ou six ans, il avait vu les plaques rouges apparaître pour la première fois sur ses mains et son cou, et qu'il avait appelé : « Maman ! » La fièvre et les rougeurs étaient revenues le lendemain soir, puis le surlendemain. Au bout de quatre jours de ce régime, auquel étaient venues s'ajouter de violentes douleurs aux poignets et aux mains, il avait fallu se résoudre à mettre un pyjama et son lapin en peluche dans une valise, et à partir pour l'hôpital. Il y était resté trois mois.

Ils lui avaient tout fait – biopsies, ponctions, prises de sang –, envisageant souvent le pire – notamment un cancer du système lymphatique – avant d'infirmer leurs hypothèses une à une pour se fixer enfin sur un dernier diagnostic. La maladie dont il était atteint n'était pas mortelle. C'était la bonne nouvelle. La mauvaise, c'était que personne ne savait d'où venait le mal ni comment le guérir.

L'enfant était rentré chez lui. Les crises s'étaient calmées pour reprendre avec une violence accrue moins d'une année plus tard, provoquant une nouvelle hospitalisation. Les médecins avaient bien vite renoncé aux doses massives d'aspirine pour lui administrer de la cortisone en quantités non moins massives. Les douleurs vespérales avaient fini par s'estomper et l'on avait décidé, de crise en crise et au fil des ans, de faire un usage systématique des corticoïdes à chaque nouvelle alarme.

Entre deux hospitalisations, l'enfant avait vieilli plus qu'il n'avait grandi. Pour prix du soulagement et du confort face aux douleurs arthritiques, il avait fallu renoncer à une croissance normale, à une masse musculaire normale, à un squelette normal, à une enfance normale. Les autres, les amis de l'école primaire, puis du collège, puis du lycée, avaient poussé, joué au foot, organisé des surprises-parties, bécoté la voisine de classe et fini par s'éloigner de ce camarade au teint pâle qui ne voulait pas grandir, disparaissant des semaines entières des salles de cours pour aller se faire soigner on ne savait trop quoi à l'hôpital Necker.

Dans ce long cauchemar qui l'avait mené de l'enfance à l'âge adulte doté peu ou prou du même corps, le jeune Kern avait eu trois véritables amis.

Le premier était son vieux réveil Bayard, qu'il avait démonté puis remonté peut-être dix mille fois, cherchant chaque soir à oublier la douleur ou les démangeaisons, tentant de comprendre pourquoi le destin avait en quelque sorte décidé de stopper net le défilement du temps quelque part autour de ses cinq ou six ans.

Le deuxième était précisément celui qui lui avait offert le réveil, acheté chez un brocanteur avec son argent de poche, en panne, rouillé et mal en point. Son grand frère était aussi blond que son cadet était brun, aussi vigoureux que l'autre était malingre. Pourtant, toutes ces années, ce grand frère si différent ne lui avait pour ainsi dire jamais lâché la main durant ces nuits de crise où le jeune Kern ne parvenait plus à contenir le feu qui lui brûlait l'intérieur.

Il avait rencontré le troisième sur le tard, au sortir de cette adolescence tronquée, à l'âge où les garçons s'intéressent à ce qui se passe sous les jupes des filles plus qu'aux questions de spiritualité. Et comme un nouveau tour du destin, par un curieux effet de balancier, c'était au moment où le jeune Kern avait découvert Dieu que son grand frère avait basculé dans la délinquance.

Le petit prêtre tendit la main vers l'interrupteur situé au-dessus de son lit et éteignit la lumière. Le seul espoir désormais, la seule façon de faire était de traverser la nuit comme un long tunnel noir, silencieux, angoissant, et d'attendre le matin. Avec les premiers rayons du soleil, les démangeaisons et la douleur s'estomperaient. L'apparition du jour marquerait, le temps de quelques heures, la fin de son supplice. Cela, il le savait. Il y croyait dur comme fer. Et ce n'était pas une question de foi mais d'expérience de la douleur.

Ses pensées vagabondèrent. Elles se fixèrent sur ce garçon blond qu'ils avaient arrêté en plein confessionnal et qui maintenant reposait dans un tiroir de l'institut médico-légal. Il rouvrit les yeux, releva la tête et, dans les dernières lueurs du jour, regarda la photo de son frère. Il ne pouvait s'empêcher de leur trouver une ressemblance. Dans la blondeur, dans l'errance, dans la folie et dans la mort.

Il avait failli une fois encore. Il n'avait pu empêcher la fin tragique du jeune Thibault, comme un sinistre écho à celle de son grand frère. C'était à s'en taper la tête contre les murs, à en pousser un cri de colère contre son Dieu et son Seigneur.

Kern se laissa submerger par la douleur. C'était comme si quatre clous d'acier lui avaient transpercé les poignets et les pieds. Il était enfermé lui aussi. Perpétuité. Il ne valait pas mieux que Djibril du fond de sa centrale pénitentiaire, mais les barreaux cette fois étaient ceux de sa souffrance, de son histoire familiale, de sa condition d'homme. Il revivrait sans cesse l'instant de sa condamnation à vie, et le verdict devait lui en être répété encore et encore et encore. Tu as perdu ton frère ; tu l'as abandonné face à la mort ; et ta brûlure ne s'éteindra jamais.

Au-dehors, la lumière d'août désertait cette portion-là de la surface de la Terre. Il pouvait être dix heures du soir. Il referma les yeux, reposa sa tête sur l'oreiller et écouta les derniers bruits de la ville disparaître avec le jour. Puis il pensa : « Ça y est, j'entre dans le tunnel noir ; cette fois je n'ai plus d'autre choix, c'est l'heure de vérité. »

*
* *

Ils marchent maintenant en file indienne, un espace d'une dizaine de mètres entre chacun d'eux. Ils n'ont pas échangé un mot depuis bientôt deux heures, depuis que les Sikorsky les ont déchargés dans un tourbillon ocre et beige, sans prendre le temps d'atterrir, laissant s'échapper d'entre leurs flancs obèses, suspendus à un mètre du sol, leurs grappes d'hommes en tenue léopard. La colonne s'étire désormais à flanc de colline comme un serpent glissant en silence sur la poussière de la piste. L'ombre gagne. La température baisse de minute en minute. Le soleil s'est caché derrière les montagnes. C'est comme une marée d'encre engloutissant toute la région, montant lentement depuis le fond des vallées alentour. Déjà le camarade qui vous précède n'est plus qu'une silhouette se détachant à peine d'entre les tons sable et kaki du paysage. Bientôt, il faudra descendre d'un niveau et poursuivre la progression en suivant le talweg, en bas, le long de l'oued en partie asséché qu'ils ont pour ordre de ratisser avant d'atteindre le village.

Devant, le sergent a levé le bras. La colonne s'arrête

aussitôt, chaque homme l'œil rivé sur celui qui le précède. Le jeune sous-lieutenant s'approche de son sergent et tire une carte de sa poche. Ensemble ils font le point topo. Ils communiquent dans un murmure, un simple filet de voix aussitôt dissous dans l'immensité du décor, à l'image du ruisseau ridicule qui coule en contrebas dans un lit en apparence trop grand pour lui. Au bout d'un moment, le sous-lieutenant rempoche sa carte et boit au goulot de sa gourde. Il la tend au sergent, qui refuse d'un geste à peine esquissé de la tête. Le jeune sous-lieutenant vide la gourde et s'essuie la bouche du revers de la main. Le sergent l'observe un instant, le temps d'un simple battement de cils, mutique, le regard chargé d'un léger reproche que l'autre fait mine de ne pas remarquer, puis il lève à nouveau le bras, désignant le fond de la vallée à la douzaine d'hommes qui attend calmement. En silence toujours, la colonne entame sa descente. Le long serpent humain s'enroule désormais dans le sens de la pente. Un infime nuage de poussière s'élève sur son passage maintenant qu'il a quitté la piste. Les hommes gardent avec soin leurs distances. Ils glissent plus qu'ils ne marchent vers l'abîme, les muscles de leurs jambes tendus à l'excès, l'œil et le canon de leur arme pointés vers cette zone inconnue aux reliefs incertains déjà comblés par l'obscurité. Tandis qu'ils progressent vers le bas, la nuit paraît monter à leur rencontre. Le minuscule ruisseau s'est tout à coup changé en fleuve noirâtre sur le point de déborder. Encore quelques mètres, une dizaine tout au plus, puis ils seront tous engloutis.

JEUDI

— Écoutez, mon père, j'ai passé une très mauvaise journée hier, une très mauvaise nuit, et j'ai par ailleurs une montagne d'ennuis qui m'attend aujourd'hui. Alors je ne pourrai pas vous accorder beaucoup de temps. Vous souhaitiez me voir ? À quel sujet ? Malheureusement nous n'avons plus de café. Vous voulez quand même vous asseoir ?

Les membres encore engourdis par sa nuit de souffrance, le père Kern s'appuya des deux mains au dossier de la chaise qui faisait face au bureau de la substitut, mais il ne s'assit pas. Il n'était pas encore neuf heures et il régnait déjà dans la pièce une chaleur étouffante, témoignage des températures caniculaires de la veille. Dos au mur, jambes croisées, chignon serré, Claire Kauffmann observait le petit prêtre d'un air en apparence froid et détaché. Elle ne le savait que trop : ce calme n'était qu'apparent ; depuis plus de huit heures elle ressassait sans cesse, jusqu'à l'obsession, cette parenthèse d'un instant, ce petit manque d'attention, ce très léger débordement empathique qui avait permis à l'ange blond de se libérer de ses menottes et de sauter par la fenêtre ouverte. Elle n'avait bien évidemment pas fermé l'œil de la nuit. Qu'avait-elle eu besoin de lui signifier en personne la prolongation de sa garde à vue ? Qu'avait-elle eu besoin d'aller lui faire la démonstration, à lui le petit pervers sexuel, de son pouvoir de magistrate ? D'habitude les officiers de police judiciaire se chargeaient de cette formalité et n'avaient nul besoin de la présence d'un substitut. D'habitude le parquet suivait les affaires d'un peu plus loin. Pourquoi avait-il fallu qu'elle y mette du sien, qu'elle entrouvre la cuirasse qu'elle avait pourtant mis des années à assembler pièce à pièce ?

— Mademoiselle Kauffmann, je suis venu vous communiquer une information importante. J'aurais infiniment préféré pouvoir le faire dès hier.

Claire Kauffmann ne cilla pas, immobile sur sa chaise. Elle avala cependant sa salive avec difficulté, et elle vit au regard du père Kern que celui-ci l'avait noté.

— De quelle information parlez-vous, mon père ?

— Un témoignage. Celui d'un clochard. Il m'a parlé hier matin, peu après l'ouverture.

— Hier matin ? Pourquoi ne pas être allé voir la police immédiatement ?

— Je l'ignore, madame le procureur. Au lieu de me rendre à la Brigade criminelle, j'ai choisi le Palais de justice.

La substitut détourna le regard et fixa la fenêtre.

— Vous avez bien eu tort, mon père.

— Je ne le sais que trop.

Claire Kauffmann se raidit un peu plus sur sa chaise.

— Qu'est-ce que vous savez exactement ?

— Je sais, madame le procureur, que votre principal suspect est mort.

— Depuis quand êtes-vous au courant ?

— Depuis hier. Hier en fin d'après-midi. C'est le recteur de la cathédrale qui me l'a appris.

Cette fois Claire Kauffmann ne chercha pas à dissimuler sa contrariété.

– Je vois que les nouvelles vont vite entre le Palais de justice et Notre-Dame de Paris.

Le père Kern enfonça le clou.

– Je sais qu'il s'est tué en milieu de journée, en sautant par la fenêtre du bureau de police où il était interrogé.

– Alors vous savez aussi, mon père, qu'il est maintenant trop tard, et que le témoignage de votre clochard, quelle que soit sa teneur, ne nous est plus d'aucune utilité.

– Je vous demande pardon ?

– L'affaire vient d'être classée sans suite.

– Sans suite ? Par qui ?

– Par le parquet. Le parquet a jugé qu'il n'y avait plus lieu d'engager des poursuites.

– Le parquet ? Le parquet, c'est-à-dire qui ? C'est-à-dire vous ?

– Je n'ai pas à répondre à cette question.

– L'ordre vous est venu d'en haut ?

– Je n'ai pas à répondre à vos questions, mon père.

– Qui vous a imposé le classement sans suite ?

– Je n'ai pas à répondre à vos questions ! Dois-je vous rappeler que l'opportunité des poursuites appartient au ministère public ? Le procureur de la République a jugé que le suicide du suspect avait valeur d'aveu. L'enquête est close. Ni vous ni moi n'y pouvons rien.

– Le procureur de la République ? Et depuis quand la peur a-t-elle valeur d'aveu ? Depuis quand l'égarement et la maladie mentale ont-ils valeur d'aveu ? Depuis quand la mort a-t-elle valeur d'aveu ? L'avez-vous seulement écouté, ce garçon ? Lui avez-vous seulement parlé ?

– Mon père, nous ne sommes pas dans un confessionnal mais au Palais de justice. Ici nous nous occupons des affaires criminelles. Nous ne nous demandons pas si une décision est morale mais si elle est légale. Le droit. Voilà notre Évangile.

– Ne pouvez-vous faire une exception ?

– Je regrette. Nous ne sommes pas là pour distribuer les pardons à la pelle.

– Mademoiselle Kauffmann, je suis venu vous apporter la preuve formelle – formelle, m'entendez-vous ? – de l'innocence de ce garçon qui a trouvé la mort hier.

– L'innocence ? Qu'est-ce que c'est que cette histoire ?

– Le soir du meurtre, vers vingt-deux heures, alors qu'il faisait déjà nuit, une jeune femme vêtue de blanc a pénétré dans les jardins de la cathédrale. Pour ce faire, elle a ouvert la grille de la rue du Cloître, une grille verrouillée par un cadenas dont seul le personnel de Notre-Dame connaît le code. Elle s'est avancée dans la pénombre, elle a monté les quelques marches qui mènent à une petite porte à l'arrière du bâtiment. Cette porte s'est ouverte immédiatement. Apparemment quelqu'un l'y attendait. La jeune fille est entrée dans la cathédrale. Elle n'en est ressortie que le lendemain matin, sur le brancard de votre légiste ; elle était alors en chemin vers la morgue. Cette scène nocturne à laquelle je fais allusion, un homme y a assisté : Kristof, un marginal polonais qui dort chaque soir dans le square Jean-XXIII juste à côté. Depuis son lit de fortune, il a une vue imprenable sur les jardins et le chevet de la cathédrale. Madame le procureur, vous qui êtes à ce point persuadée de tenir votre coupable, voulez-vous avoir l'amabilité de répondre à ces quelques questions posées par un simple curé, un petit prêtre qui tente d'y voir clair au milieu des ténèbres : pourquoi la victime est-elle rentrée par l'arrière de la cathédrale ? À quel mystérieux rendez-vous allait-elle ? Comment connaissait-elle le code du cadenas de la rue du Cloître ? Et qui lui a ouvert la porte donnant à l'intérieur ? Mademoiselle Kauffmann, c'est à vous maintenant, je vous écoute...

Elle tint cinq, peut-être dix secondes supplémentaires sans bouger, sans rien dire, presque sans respirer, puis brusquement, à la manière d'une digue débordée par la puissance des flots, elle se mit à pleurer, et ses larmes de petite fille vinrent s'écraser sur ses genoux qu'elle gardait obstinément serrés. Un temps décontenancé, le père Kern finit par lâcher le dossier qu'il tenait serré entre ses doigts, laissant une marque incrustée dans le plastique orange de la chaise. Il fit le tour du bureau, tira un mouchoir de sa poche et le tendit à la jeune substitut. Elle se moucha après avoir fait pivoter son siège sur le côté et parvint enfin à contenir ses sanglots.

– Il sent le tabac à pipe, votre mouchoir.
– C'est possible. Excusez-moi.
– Non, au contraire, ça me rappelle mon père. Lui aussi fumait la pipe. Sa robe était toujours imprégnée de l'odeur du tabac.
– Sa robe ?
– Il était avocat.

Le père Kern consentit à s'asseoir face à la jeune femme.

– Je vous dois des excuses. J'ai bien peur d'être monté sur mes grands chevaux tout à l'heure. Vous devez être très marquée par cette mort tragique.
– Il a sauté sous mes yeux. Je l'ai vu disparaître par la fenêtre. Aussitôt après, quelqu'un s'est mis à hurler en bas dans la cour.
– Vous allez avoir des ennuis maintenant ?

Elle renifla puis se moucha à nouveau.

— Le procureur de la République a demandé l'ouverture d'une enquête préliminaire. En fin de matinée je dois être entendue par l'IGS et l'IGSJ.

— Cela fait beaucoup d'initiales pour une seule personne.

— L'Inspection générale des services et l'Inspection générale des services judiciaires. Ensuite ils décideront ou non de l'ouverture d'une procédure disciplinaire.

— Mais vous n'étiez pas seule dans ce bureau. Il devait bien y avoir un officier de police ? Le garçon n'était-il pas sous sa responsabilité ?

— Il y avait Landard, bien sûr. Mais Landard, vous savez... Landard reste Landard. Je crois qu'il m'a chargée.

— Pourquoi vous aurait-il mise en cause ?

— C'est moi, vous comprenez, c'est de ma faute. J'ai insisté pour qu'on ouvre le Velux. J'ai insisté pour qu'on lui enlève ses menottes. Tout est allé de travers.

— Vous ne pouviez pas prévoir qu'il allait sauter.

— Tout est allé de travers. Depuis le début. Je m'en rends compte maintenant. Depuis la minute où j'ai vu le cadavre de cette fille. J'ai pris toute cette affaire bien trop à cœur. J'ai contribué à faire tourner cette machine qui l'a broyé en moins de deux jours. Moi aussi, je voulais qu'il avoue. Sous sa gueule d'ange, j'étais sûre de trouver un pervers. C'était trop beau. L'illuminé de service. Le coupable idéal. Voilà ce qu'il était. Pour la police, pour les médias, pour le parquet. Le coupable idéal. Il l'est toujours d'ailleurs. Sa mort n'a rien changé du tout.

Elle se mit à rire et ce rire, après sa crise de larmes, lui donna de nouveau l'apparence d'une enfant.

— Seigneur, je suis à côté de la plaque depuis si

longtemps. La petite magistrate trentenaire qui part en croisade contre les ogres, les monstres, les prédateurs sexuels. Absurde... Absurde et illusoire... Ça ne répare rien... Jamais... Ce qui est fait est fait...

Kern attendait. Son expérience de confesseur lui avait enseigné la patience et le silence face à une porte qui s'entrouvrait d'elle-même, tout doucement, après être longtemps restée verrouillée.

— Vous allez croire que je recherche l'absolution. Contre toute attente la petite magistrate de la République se tourne vers la religion... Que faut-il faire, alors ? Enseignez-moi le mode d'emploi. Que faut-il faire, mon père ? Se frapper la poitrine et dire : « Je confesse à Dieu tout-puissant » ?

Le silence s'installa. Le prêtre eut brièvement la vision d'un oiseau se cognant contre les barreaux de sa cage.

— Dites-moi, Claire... Quand est-ce arrivé ? C'était il y a longtemps ?

Les yeux de la jeune femme se figèrent. Kern pensa d'abord qu'ils s'étaient perdus dans le vague mais il comprit très vite qu'ils regardaient vers le passé.

— L'été de mes seize ans. Un soir. Sur une plage.

— En avez-vous jamais parlé à quelqu'un ?

— Depuis, le bruit des vagues me donne envie de vomir. Je dis aux gens que j'ai le mal de mer. C'est mon excuse pour ne jamais aller au bord de l'eau... Non, mon père, jamais. Je n'en ai jamais parlé.

Du revers de la main elle chassa une poussière invisible sur un pli de sa jupe.

— Il n'est pas trop tard, Claire.

— Qu'en savez-vous ?

— Chacun porte son fardeau. Cette part de nous qui est morte à jamais et qu'il nous faut traîner partout où nous tentons d'aller. Le Christ lui aussi a porté sa croix sur un très long parcours. Il l'a portée jusqu'au bout de sa souffrance. Trois jours après il était ressuscité, et avec lui l'espoir d'une vie nouvelle. La croix n'est pas le but mais le bagage, Claire. Un jour ou l'autre il faut se résoudre à le poser à terre.

De nouveau les yeux de la magistrate s'embuèrent. Elle préféra détourner le regard tandis que Kern se levait.

— En cas de besoin vous savez où me trouver, n'est-ce pas ? Si vous voulez parler je suis là. N'hésitez pas.

— Je vous remercie, mon père. Mais ça ne nous ramènera pas notre innocent d'entre les morts, vous savez.

Elle avait l'air beaucoup plus vieux maintenant, et son enfance paraissait disparue à jamais. Elle saisit un crayon et plaça un bloc-notes sous sa main.

— Votre clochard polonais, alors ? Où peut-on le trouver ?

Kern hésita un bref instant.

— C'est sans importance. De toute façon l'affaire est classée, vous l'avez dit vous-même. Rouvrir l'enquête relèverait du miracle et il n'y aura pas de miracle, je crois pouvoir vous le garantir.

— Qu'est-ce qui vous rend si sûr de vous tout à coup ? Si vous avez en votre possession une information importante, elle peut peut-être contribuer à rouvrir le dossier.

— Qui a insisté pour classer l'affaire ? Le procureur de Paris ?

— Le procureur, oui. Il m'a appelée ce matin très tôt. J'étais encore chez moi.

— Et votre procureur aura probablement lui-même reçu un coup de fil en provenance du ministère...

— Je ne comprends pas. Qu'est-ce que le ministère vient faire là-dedans ?

– Mademoiselle Kauffmann, savez-vous qui sont les chevaliers du Saint-Sépulcre-de-Jérusalem ?

– J'ai vu ce nom passer dans le dossier...

– Ils ne font pas que porter la statue de la Sainte Vierge une fois l'an le jour de l'Assomption, vous savez. C'est un ordre qui puise ses origines chez les croisés du Moyen Âge. Bien entendu ils ne combattent plus l'épée à la main pour défendre une forteresse. Leur but est de soutenir la communauté chrétienne en Terre sainte à travers des œuvres caritatives. Et aussi d'évangéliser la société occidentale moderne. Leur réseau couvre une trentaine de pays, dont la France.

– Mais encore ?

– La chapelle capitulaire de l'ordre du Saint-Sépulcre se trouve à Notre-Dame de Paris, le saviez-vous ? Pour restaurer un calme définitif au sein de la cathédrale, il n'aura probablement fallu qu'un coup de fil. Entre Notre-Dame et le Palais de justice il n'y a que cinq cents mètres, cependant le plus court chemin pour aller de l'une à l'autre passe parfois par la place Vendôme.

– Vous voulez dire que vos chevaliers ont leurs entrées au ministère de la Justice ?

– Le ministre en personne est l'un d'entre eux. Aussi suis-je maintenant persuadé que votre enquête est définitivement enterrée.

Calée contre le dossier de son siège, Claire Kauffmann avait maintenant recouvré tout son calme. Seuls ses yeux semblaient étonnamment mobiles, trahissant l'écheveau de pensées qui se tramait en elle. Kern esquissa un geste pour tendre la main à la jeune femme puis il se ravisa.

– La Justice a trouvé son coupable, mademoiselle Kauffmann, voilà la vérité. Apparemment l'Église s'en satisfait aussi. Un dingue, un égaré qu'on oubliera au plus vite. Quant aux parents de la victime, ils seront priés d'enterrer leur fille en silence, à l'écart, à moins que la pauvre enfant n'ait déjà été mise en terre.

– Non, pas encore. L'inhumation a lieu demain à quinze heures, au cimetière de Montmartre.

– On scellera sa tombe avec le ciment de la version officielle et les parents devront s'en contenter : « Votre fille a été assassinée par un illuminé, fin de l'histoire, circulez messieurs-dames, pas de quoi se porter partie civile ! » Qui d'autre souhaiterait rouvrir une enquête que tout le monde considère comme bouclée ? Qui ?

Claire Kauffmann croisa les jambes. Sa respiration s'était légèrement accélérée. Elle fixait le père Kern avec une curieuse intensité.

– Mon collant est filé.

Le prêtre ne put s'empêcher de laisser glisser son regard le long des jambes de la jeune magistrate.

– Je vous demande pardon ?

– J'ai filé mon collant. Il va falloir que je sorte pour aller en changer.

Et, à la manière d'un automate, tandis que ses joues s'empourpraient, elle saisit un trombone sur son bureau, l'ouvrit puis en passa la pointe sur son genou. La fine maille qui voilait sa peau s'ouvrit aussitôt, l'entaille plus claire remontant vers la cuisse sur une dizaine de centimètres. La jeune femme se leva et passa devant le père Kern totalement interdit. Elle se dirigea vers la porte, en saisit la poignée et, sans même se retourner, se mit à parler d'une voix blanche, presque inaudible, qui tremblait légèrement.

– Le dossier de l'affaire Notre-Dame est dans le tiroir de mon bureau, la clé est dans la serrure. Les P-V de perquisition et d'interrogatoire, les résultats de l'autopsie, le rapport du légiste, tout y est. Ma collègue est au greffe, elle ne risque pas de revenir avant une bonne demi-heure. Quant à moi je m'absente dix minutes montre en main. C'est le temps que je vous laisse. À mon retour, j'aimerais retrouver le dossier en bon ordre et à la place où vous l'aurez trouvé. Si vous voulez, vous pouvez utiliser la photocopieuse. Il suffit d'appuyer sur le bouton vert pour sortir du mode veille. Au revoir, mon père.

Elle entrouvrit la porte et disparut en un éclair. Il entendit ses pas s'éloigner dans le couloir.

Combien de temps resta-t-il là les bras ballants, debout face au bureau inoccupé sur lequel s'entassaient les dossiers, dans cette minuscule pièce qui sentait la paperasse et la poussière ? Combien de temps lui fallut-il avant de bien réaliser ce que la magistrate venait de lui souffler ? Le temps s'était comme arrêté et le sang dans ses veines comme figé. Au loin il entendit le clocher de Notre-Dame sonner la messe de neuf heures et il sortit enfin de sa torpeur. Puis, lentement, le cœur battant comme un enfant craignant la punition de ses parents, il contourna le bureau de la substitut du procureur et en déverrouilla le tiroir.

*
* *

Kern avala son café d'un trait. Il l'avait laissé refroidir de longues minutes sans rien dire, faisant tourner le liquide dans le fond du verre à l'image des pensées noires qui l'habitaient, l'air soucieux, l'air occupé, gagnant du temps, tant son indécision lui semblait grande et l'empêchait d'accomplir ce qu'il était venu accomplir. Face à lui, assis sur son tabouret qui paraissait trop frêle pour soutenir son poids, les deux coudes en appui sur les genoux et le pot de Nescafé entre ses paluches, Djibril observait le petit prêtre de son regard perçant.

— Tu m'as l'air d'un type venu se confesser mais qui ne sait pas par où commencer, François.

Le prêtre posa le verre au pied du lit sur lequel il était assis. Il plongea la main dans la poche intérieure de sa veste et en tira une liasse de photocopies pliée en trois. Il la tendit à Djibril sans un mot. Le prisonnier posa son pot de café instantané et se mit à feuilleter le document, dont l'un des coins avait été agrafé.

— C'est le dossier de l'instruction ?

— Non, celui du parquet. Maintenant que l'affaire est classée ils ne saisiront pas de juge.

— C'est tellement plus simple. Trop indépendants, les petits juges. Ils risqueraient d'aller fourrer leur nez là où ça sent mauvais, c'est ça ?

— Je ne sais pas. Que penses-tu du dossier ?

— À première vue, je ne le trouve pas bien épais.

— Ils tenaient leur coupable, à quoi bon aller chercher ailleurs ?

— Comment te l'es-tu procuré ?

— C'est la jeune magistrate en charge de l'affaire qui m'a laissé le voir.

— Elle prend des risques, la proc.

— Je sais. Elle trahit le secret de l'enquête.

— D'après ce que tu me dis, elle n'est plus à ça près. Elle a les bœufs-carottes aux fesses, pas vrai ?

— Que penses-tu du dossier ? Au fond, tu as raison, je ne sais pas par où commencer. Je l'ai parcouru dans le RER. Les P-V d'interrogatoire sont sans intérêt, celui de la perquisition... comment dire... ne fait que confirmer que le gosse n'était pas au clair avec sa sexualité...

Un large sourire barra la face du prisonnier. Il considérait avec attention l'une des feuilles du dossier. De l'ongle de son pouce, il ouvrit l'agrafe qui tenait les pages assemblées. Le père Kern eut brièvement la vision d'un bulldozer arrachant avec délicatesse un clou à une planche.

— Elle me plaît bien, celle-là. Tu permets ? De toute façon, elle ira mieux chez moi que chez toi. Question de cohérence. Après tout, l'assassin ici c'est moi.

Et tout en conservant sur son visage son sourire de sale gosse, il fixa au mur l'un des dessins saisis au domicile du jeune Thibault.

— Si tu veux bien, je garde les autres pour les copains. D'accord ?

Kern connaissait trop Djibril pour se laisser déstabiliser par ses provocations blasphématoires. Il acquiesça sans rien dire. Le détenu contempla encore un instant la photocopie sur son mur, perdue au milieu des photos tirées de magazines pornographiques, puis il vint se rasseoir et se remit à feuilleter le restant de la liasse. Kern reprit là où le prisonnier l'avait interrompu.

— Les investigations sur la scène de crime n'ont rien donné, ou pas grand-chose... Trop de passage, trop de traces... Il fallait s'y attendre. Nous parlons du monument le plus visité de France. Quant au rapport d'autopsie... On a retrouvé les traces ADN du jeune Thibault sur la victime. Parmi d'autres. Encore une fois, elle a passé la journée dans la cohue, au milieu de la foule. Ce qu'a laissé Thibault sur elle correspond-il à la première agression ou à l'assassinat ? Personne ne peut le dire. La pauvre fille est bien morte étranglée mais les marques sur son cou ne permettent guère d'en savoir plus. A priori l'assassin portait des gants. Et le corps aurait été déplacé post mortem. Je ne sais pas... Toutes les informations s'annulent. Où aller maintenant ?

Où chercher ? Après tout je ne suis qu'un prêtre, je n'ai rien d'un policier.

Djibril lisait. Il ne prit pas même la peine de relever le nez du dossier.

– Si tu bossais pour les poulagas, François, tu ne serais pas venu me trouver et je ne t'aurais pas ouvert ma porte. Enfin façon de parler. Ce n'est pas moi qui décide quand s'ouvre ma porte et quand elle reste fermée…

– Évidemment il y a cette chose étrange, cette présence de cire sur son sexe, qui viendrait étayer l'hypothèse du dingue, du déséquilibré, mais…

– Cherche du côté de la fille.

– Je te demande pardon ?

– Cherche du côté de ta petite morte. Dans ton dossier, les informations la concernant tiennent sur un timbre-poste.

– C'était une étudiante sans histoire.

– Les flics ont totalement bâclé leur enquête. D'après ce que je lis, ils n'ont fait qu'une vague visite dans la chambre de la fille, chez ses parents, puis ils se sont arrêtés là.

Il tendit sa liasse au père Kern avant de conclure dans un sourire :

– Du travail d'Arabe, quoi.

Kern remit le dossier dans la poche de sa veste et consulta sa montre.

– J'ai juste le temps d'y être.

– Où ça ?

– À son enterrement. C'est à quinze heures à Montmartre.

Les deux hommes se levèrent et se serrèrent la main.

– Alors tu pars déjà ?

– Merci pour ton aide précieuse, Djibril.

— Je te ferai parvenir le montant de mes honoraires par ma secrétaire. Tiens-moi au courant, tu veux ? Pour moi c'est important.

— Voilà que tu te prends au jeu ? Le curé et le condamné. Nous formons une sacrée paire d'enquêteurs, dis-moi.

Djibril esquissa un sourire. Kern le sentait s'éloigner, fuir à travers l'espace réduit de sa cellule vers un espace et un temps où il ne pourrait jamais le suivre. Malgré les portes, malgré les parloirs, malgré les heures consacrées chaque semaine à son activité d'aumônier, le prêtre savait bien que la frontière entre l'extérieur et l'intérieur de la prison était infranchissable. Les murs allaient s'épaississant à chaque minute d'enfermement supplémentaire dans ce purgatoire de fer et de béton. Djibril s'absentait peu à peu du monde, et rien ni personne ne pourrait le ramener parmi les vivants.

Kern serra la main glacée du détenu un peu plus fort encore.

— Ce que tu viens de faire pour moi... Je ne sais pas... Tes conseils, cette discussion... N'est-ce pas une preuve de bonne conduite ? Je pourrais peut-être en parler au juge d'application des peines... Qu'il assouplisse...

Djibril lâcha la main du prêtre.

— Te fatigue pas, curé. Pour le JAP je ne suis qu'un assassin, point barre. Il a bien raison, d'ailleurs. Ici pas de rédemption possible. Et puis nous n'avons fait que parler de la pluie et du beau temps, tu le sais bien. La photocopie que tu viens de me faire lire n'existe pas officiellement.

— C'est vrai, tu as raison. Je suis désolé de ne pouvoir mieux t'aider.

— Tu te trompes, François : j'ai déjà commencé à

toucher mon salaire. À partir d'aujourd'hui, je vais penser un peu à autre chose. Faire bosser mon imaginaire, réfléchir à ton affaire en me brossant les dents le soir. À Poissy, tu sais, ce genre d'occupation, ça n'a pas de prix. Ici ma vie se résume à cette bouilloire et à mon pot de café.

– Tu sais bien que non.

– Tu sais bien que si, curé.

Le prêtre contourna le muret d'un mètre de hauteur qui séparait le lit de la cuvette des toilettes et rejoignit en deux pas la porte de la cellule.

– Prépare-toi à un drôle de voyage, François. Ne t'étonne pas si tu trouves quelques fantômes sur ta route.

– Des fantômes, Djibril, j'en rencontre pendant mes nuits d'insomnies. Chaque soir je m'en vais faire le tour du purgatoire, moi aussi. Je n'en suis pas encore mort.

Kern manœuvra la poignée de la porte. Le claquement sec du mécanisme fit reculer le détenu d'un pas.

– Cette fois, tu pourrais bien pousser jusqu'en enfer, curé. Là-bas elles ne te seront d'aucune utilité, tes belles prières. D'ailleurs tu ferais mieux d'enlever la croix que tu portes au revers. Là où tu vas, elle ne servira qu'à te faire repérer, crois-moi.

La porte s'ouvrit, laissant apparaître dans le couloir un uniforme de l'administration pénitentiaire. Le père Kern adressa un dernier regard au condamné puis disparut dans le couloir éclairé par les néons blafards. Derrière lui, la porte blindée se referma dans un bruit de tombeau.

*
* *

Luna Hamache venait tout juste d'être mise en terre lorsque le père Kern rejoignit la division 14 du cimetière de Montmartre. Avec pesanteur, presque au ralenti, doublement assommé par le chagrin et la chaleur, le groupe d'une trentaine de personnes réparti autour de la tombe se mit en file indienne, à distance respectueuse d'un couple resté planté tout au bord de la fosse, parfaitement immobile, comme taillé dans la pierre. Tous deux âgés d'une cinquantaine d'années, les parents de la défunte affichaient un visage sans larmes, comme s'ils n'avaient pas encore saisi la raison exacte de leur présence dans ce cimetière, comme si ce cercueil simple et dépouillé qui reposait désormais tout au fond d'un caveau n'avait pas été celui de leur fille mais celui d'une autre, d'une étrangère dont ils auraient assisté à l'inhumation par hasard. Le père en particulier semblait absent de lui-même. Son regard peinait à fixer le fond de la fosse et se perdait régulièrement vers l'entrée du cimetière, comme si Luna devait soudain s'y présenter dans la beauté de sa jeunesse pour faire mentir les fossoyeurs et la mort.

Une jeune femme remonta la file en distribuant une rose blanche à chaque personne et Kern réalisa que la quasi-totalité du groupe était composée de jeunes gens vêtus de blanc. Avec une solennité qui contrastait avec leurs vingt ans, les camarades de Luna défilèrent devant la tombe encore béante, jetant leur fleur sur le couvercle du cercueil, réprimant un sanglot ou murmurant quelques mots aussitôt absorbés par le bruit de la circulation environnante. Tandis qu'ils défilaient ainsi, Kern croisa le regard d'un homme resté à l'écart, au visage fermé, une épaule appuyée contre un arbre et les bras croisés sur la poitrine. Le prêtre adressa un signe au lieutenant Gombrowicz, auquel l'officier de police répondit par un hochement de tête.

Enfin, deux fossoyeurs de la Ville de Paris vinrent dire quelques mots aux parents de la défunte. Sa mère hocha la tête par deux fois, à la manière d'un automate, puis adressa un regard circulaire de remerciement à ceux qui se tenaient autour de la tombe. Le groupe se disloqua péniblement, chacun comme chaussé de semelles de plomb, tandis que les employés du cimetière se mettaient sans tarder au travail pour refermer le caveau. Les parents de Luna les regardèrent faire encore un moment puis la mère prit le bras de son mari. Ils firent quelques pas dans l'allée, marchant tels deux vieillards comptant l'un sur l'autre pour ne pas s'effondrer, soudain seuls au monde et privés de leur principale raison de se tenir debout. Sur leur passage, ils virent un petit homme au visage sec en lame de couteau, qui portait une croix au revers de sa veste. Il s'approcha d'eux et leur serra la main avec chaleur.

– Je suis le père Kern. C'est moi qui ai trouvé le corps de votre fille lundi matin à Notre-Dame.

La mère de Luna Hamache le dévisagea un moment sans rien dire tandis que le père restait les yeux fixés sur l'entrée du cimetière. Elle finit par parler, mais sa voix hésitante trahissait son trouble face à ce représentant du lieu même où sa fille avait trouvé la mort.

– Merci d'être venu, mon père. Nous avons reçu ce matin un mot de votre recteur…

– Monseigneur de Bracy, oui.

– Il nous écrit avoir fait dire une prière. Bien sûr, cette lettre nous a fait du bien, mais…

– Mais elle n'explique rien… N'est-ce pas ?

– Vous connaissiez ma fille ? Vous l'aviez déjà vue à Notre-Dame ?

Son regard se fit implorant et Kern se surprit à bafouiller une réponse des plus minimalistes.

– Non, madame Hamache, je suis désolé, je ne connaissais pas Luna. Nous avons tous prié pour elle.

– Je ne comprends pas. Personne ne nous explique. Le suicide de l'assassin nous a laissés totalement désemparés. La Justice semble déjà nous avoir oubliés. Pour eux, la page est tournée. C'est comme un mur sans porte, nous ne savons pas où nous devons aller frapper pour en savoir davantage sur l'agression qui… Quant à la présence de Luna aux cérémonies de l'Assomption… Elle ne nous avait jamais parlé de son intérêt pour la foi catholique. Comme vous le voyez, nous sommes ce que l'on appelle aujourd'hui un couple mixte. Nous avons toujours laissé notre fille libre de choisir la religion qui lui conviendrait le mieux. Jusqu'à maintenant c'est une question dont elle ne nous avait pas parlé. Nous essayons de comprendre mais personne ne semble en mesure de nous renseigner, votre recteur pas plus que vous, mon père. Nous enterrons notre fille, et avec elle une grande part de mystère.

Kern sentait un malaise monter en lui. Il aurait dû chercher à apaiser ces deux parents dans la douleur, d'ailleurs la croix qu'il portait à la boutonnière paraissait largement contribuer à l'épanchement quasi spontané de la mère de Luna, pourtant il connaissait la vraie raison de sa présence dans ce cimetière. Ses véritables motivations étaient bien celles d'un enquêteur, et il amenait avec lui bien plus de questions au sujet de Luna que de réponses aux interrogations de sa mère.

– Votre fille avait vingt et un ans, madame Hamache. L'âge des grands questionnements, l'âge aussi de la recherche d'une certaine forme d'indépendance. Peut-être ne vous parlait-elle pas de tout. Peut-être avait-elle une sorte de jardin secret.

— Nous sentions bien une certaine forme d'éloignement ces derniers mois. Un désir d'indépendance, oui, auquel nous ne pouvions pas répondre.

— Que voulez-vous dire ?

— Nous ne roulons pas sur l'or, voilà ce que je veux dire, mon père. Luna voulait partir à la rentrée, prendre un petit appartement dans le quartier, une colocation avec une amie de l'université. Elle découchait parfois. De plus en plus souvent. Mais nous n'avions pas les moyens de participer à un loyer. Mon mari a fait ses études en Algérie, vous comprenez. Son diplôme n'a jamais été reconnu en France. Notre mariage n'a rien pu y changer. Pendant vingt ans, il a travaillé comme homme à tout faire dans une société d'informatique. Il assurait les petites réparations, il donnait des coups de main, il s'occupait des livraisons. Il y a trois ans, il a été licencié. À son âge, il n'arrive pas à retrouver du travail. Nous vivons sur mon salaire d'aide-soignante et nous sommes incapables d'aider notre fille à se lancer dans la vie. De toute façon elle n'en a plus besoin maintenant.

Le menton de Mme Hamache se mit à trembler et ses mâchoires se crispèrent. Kern patienta. Ses questions prenaient décidément la tournure d'un interrogatoire, mené toutefois avec la douceur d'un confesseur.

— Savez-vous avec qui elle voulait prendre un appartement ?

— Bien sûr. Avec Nadia. C'est sa meilleure amie. Elles vont… Elles allaient à la fac ensemble.

— Nadia était là aujourd'hui ?

— C'est elle qui a distribué les roses tout à l'heure. Vous avez dû la voir. C'est aussi elle qui a demandé aux amis de Luna de s'habiller en blanc. Elle est gentille, Nadia. Elle voulait lui dire au revoir à sa manière. Elle a été très marquée par la mort de ma fille. C'est elle qui nous a téléphoné mardi pour nous dire qu'il y avait cette photo dans *Le Parisien*, avec cet appel à témoins...

– Je croyais que c'était M. Hamache qui l'avait lu dans le journal...

– Non, c'est Nadia. Après son coup de fil, mon mari est descendu consulter le journal au café. Ensuite nous avons téléphoné à la police.

À l'appel de son nom, le père de Luna était sorti de sa torpeur. Il tourna son visage vers le prêtre, semblant remarquer sa présence pour la première fois, et Kern se sentit aussitôt transpercé par ce regard hagard qui paraissait l'interroger sur les raisons exactes de sa présence dans le cimetière. Kern bredouilla quelques phrases de réconfort. Les mots sortaient de son corps comme les répliques d'un mauvais acteur, avec une sorte d'automatisme irritant, et il se reprocha intérieurement ce tissu de banalités qui sonnait faux. Il salua et s'engagea sur l'allée qui bordait la tombe. Au bout de quelques pas, il se tourna de nouveau vers les parents de Luna.

– Qu'est-ce que votre fille étudiait, madame Hamache ?

Et pour la première fois le père de la jeune morte desserra les dents.

– L'histoire, monsieur. Luna était en licence d'histoire. Elle serait devenue professeur.

*
* *

La canicule s'était à nouveau abattue sur Paris et l'air était plus lourd que jamais. La pollution rendait l'atmosphère plus irrespirable encore. Kern quitta le cimetière par l'avenue Rachel. Le lieutenant Gombrowicz semblait s'être discrètement éclipsé au terme de la cérémonie. Devant le pub irlandais qui faisait l'angle du boulevard de Clichy, le groupe d'étudiants vêtus de blanc s'effilochait progressivement à grand renfort d'accolades. Leurs habits immaculés paraissaient désormais décalés, naïfs, presque comiques, par trop inadaptés au chaos de la ville, au bruit des moteurs, aux odeurs de gaz et aux bordées d'insultes qui s'échappaient des automobiles. Le prêtre hésita. Fallait-il aborder les jeunes gens ? Attendre la fin de leurs effusions ? Se présenter sous sa véritable identité ? Tenter d'obtenir quelques informations sur cette camarade désormais couchée au fond d'une tombe, à laquelle ils étaient venus dire un dernier adieu ? Il plongea la main dans la poche de sa veste, en sortit sa blague à tabac et, comme à chaque fois qu'il peinait à prendre une décision, entreprit de bourrer sa pipe, tâchant de se concentrer sur cet acte anodin plutôt que sur le faisceau de pensées contradictoires qui envahissait son esprit. Au moment précis où il coinçait le tuyau d'ébonite entre ses dents, la jeune femme qui, un peu plus tôt, avait distribué une rose blanche à chacun de ses camarades quitta le groupe. Elle traversa le boulevard de Clichy en faisant claquer ses talons et tout alors fut évident. La ville entière s'était réduite à une silhouette claire qui marchait à présent sur le terre-plein central en direction de la place Blanche. Il prit le temps d'allumer sa pipe, en tira quelques bouffées parfumées, puis traversa à son tour le boulevard et s'engagea dans le sillage de Nadia, à peut-être vingt mètres derrière elle.

C'était une forme d'ivresse, un retour à l'enfance, à cette adolescence qu'il n'avait pas vécue : il jouait à suivre une femme, il jouait au détective dans la chaleur de la ville, sur ce boulevard bondé qui formait de part et d'autre du terre-plein une sorte de ceinture multicolore faite de tôles, de rétroviseurs et de vitres de verre. Kern fumait sa pipe en marchant l'air de rien, tout absorbé par la curieuse jouissance que lui procurait cette filature. Il aurait pu lui-même être suivi par un bataillon de gendarmes en uniforme qu'il ne l'aurait pas remarqué.

Nadia quitta le boulevard à hauteur de la place et s'engagea dans la rue Blanche. Le prêtre jugea le moment venu de l'aborder et accéléra le pas. Il n'était plus qu'à deux ou trois mètres d'elle lorsque la jeune femme s'arrêta devant la porte d'un immeuble qui jouxtait un café. Elle adressa un signe amical au serveur en terrasse puis tendit la main vers le digicode. Désarçonné par cet arrêt imprévu, le père Kern dépassa la jeune femme sans oser lui adresser la parole, réduit à observer les doigts longs et minces danser sur le clavier chiffré. Il n'eut pas la présence d'esprit de mémoriser le code et se le reprocha. La serrure émit un bruit sec. Nadia poussa la porte et disparut à l'intérieur.

En désespoir de cause, il s'installa à la terrasse du bistrot, choisissant une table d'où il pouvait voir la porte. Le serveur, un grand escogriffe à la calvitie naissante et dont les joues étaient ornées d'épaisses rouflaquettes, s'approcha aussitôt. Il passa une éponge sur la surface de la table. Kern commanda une pression, posant sa pipe sur le marbre encore humide. Bien des années plus tôt, vers seize ou dix-sept ans, il s'était soûlé à mort en compagnie de son grand frère, un soir de crise où ses articulations le faisaient trop souffrir. L'essai ne s'était guère révélé concluant et le jeune Kern s'était résolu à avaler ses cachets de cortisone comme seul pis-aller possible à ses douleurs.

Une vieille femme s'approcha d'un pas lent, un cabas à la main, souffrant visiblement de la chaleur. Elle s'arrêta elle aussi face à la porte voisine et composa à son tour la combinaison qui lui donnerait accès à la fraîcheur probablement toute relative de son logement. Sa mémoire et ses mains, moins agiles que celles de la jeune femme entrée plus tôt, lui firent presser les touches avec lourdeur, laissant cette fois au prêtre tout le temps de mémoriser le code. Kern vida son verre, paya et rejoignit la porte dont il connaissait désormais le sésame. Toutefois, avant de laisser ses doigts, à chaque minute un peu plus gourds, courir sur le clavier, il prit soin de dégrafer la petite croix de métal qui ornait son revers et la glissa dans son portefeuille. Il poussa la porte, pénétrant dans un couloir marronnasse en partie mangé par un bloc de boîtes aux lettres en mauvais état. Il parcourut les étiquettes une à une sans y trouver aucune Nadia, il dépassa la cage d'escalier et poursuivit jusqu'à une porte ouvrant sur une courette. À cette heure de l'après-midi, la lumière l'avait déjà largement désertée et l'endroit ressemblait à un puits. Des vélos, une poussette, des trottinettes y avaient été rangés à la va-vite. Sur la gauche, une porte indiquait l'entrée d'un petit appartement en rez-de-chaussée, un studio probablement. Kern s'apprêtait à rebrousser chemin lorsque la porte s'ouvrit en grand. Nadia se tenait dans l'embrasure, les bras croisés et l'épaule calée contre le chambranle. Elle s'était changée, elle portait maintenant une robe d'été aux couleurs bariolées.

– C'est moi que vous cherchez ?
– Je vous demande pardon ?

– Vous étiez au cimetière tout à l'heure. Je vous ai vu discuter avec les parents de Luna. C'est moi que vous cherchez, là ?
– Vous êtes bien Nadia, n'est-ce pas ?
– Vous m'avez suivie jusqu'ici ou quoi ?
– Suivie ? C'est la mère de Luna qui m'a dit où vous trouver.
– Vous connaissez la mère de Luna ?
– Bien sûr.
– Qu'est-ce qu'elle fait dans la vie, la mère de Luna ?
– Aide-soignante. Pourquoi cette question ?
– Pour vérifier.
– Seigneur ! Mais pour vérifier quoi ?
– Vous êtes un de ses malades, à la mère de Luna, c'est ça ?
– Exactement... Elle m'aide pour ma rééducation... Au fil du temps, nous avons sympathisé... Elle me parlait souvent de Luna. Comme vous pouvez le constater, j'ai des problèmes de santé, des problèmes articulaires... Et vous ? Vous étiez une amie de Luna ?
– De fac, oui. Vous êtes flic ?
– Flic ? Pas du tout. Vous trouvez que j'ai la carrure ?
La fille lui adressa un vague sourire.
– Alors, vous voulez quoi ?
– Difficile à dire... J'aurais aimé parler de Luna. Je ne la connaissais pas vraiment, mais... Sa mère m'a dit que vous étiez sa meilleure amie.
Elle disparut soudain à l'intérieur, laissant à Kern le temps d'entrevoir, dans le fond, quelques détails insignifiants : le carrelage blanc d'une salle de bains, un rideau de douche rose à cœurs mauves, une baignoire équipée d'une robinetterie à l'ancienne. Nadia réapparut tout aussi rapidement, la bride d'un sac Vuitton calée dans le creux de son bras et un téléphone portable à

la main. Elle verrouilla la porte puis fourra les clés dans son sac.

— Je suis désolée. J'ai un rendez-vous urgent et je suis en retard. Et puis je vais vous dire : on sort du cimetière, Luna est à six pieds sous terre. J'ai pas trop envie d'en parler, là.

— Je comprends. Bien sûr. Peut-être une autre fois.

— C'est ça.

Elle quitta l'endroit en laissant derrière elle un effluve capiteux et sucré qui semblait provenir de ses cheveux ou du creux de son cou. Resté seul au milieu des vélos et des trottinettes, dans cette courette surchauffée, tandis que la fièvre envahissait lentement son corps et que le doute sur ses capacités d'enquêteur gagnait son esprit, le père Kern se demanda à combien de mensonges il avait dû consentir en moins d'une minute pour n'entrevoir en définitive qu'un vague et furtif bout de baignoire surmonté d'un rideau de douche.

Il marcha au hasard, remontant la rue qu'il avait descendue plus tôt. Arrivé sur le boulevard, il fit une halte devant une vitrine et entreprit de bourrer sa pipe. Il le fit avec le plus grand soin, s'isolant du chambard ambiant, concentrant toute son attention sur les pincées de tabac qu'il poussait tour à tour vers le fond du fourneau d'un doigt qui tremblait légèrement. Ce n'est qu'après avoir tiré ses premières bouffées qu'il constata s'être arrêté devant l'un des nombreux sex-shops qui bordaient le trottoir. Le buste penché, il examina avec une curiosité non feinte les différentes pièces de lingerie en vinyle rouge ou noir, les bottes et les escarpins à talons hauts, les nuisettes aux transparences savamment étudiées, les tenues satinées d'infirmière, tandis qu'au-dessus de sa tête les volutes de fumée au parfum de virginia prenaient la teinte violacée des trois lettres de néon formant le mot SEX. Il se redressa soudain et regarda autour de lui, comme traversé par une impulsion électrique, animé par une urgence qui semblait l'avoir brusquement envahi. Il prit à nouveau la rue Blanche, dépassa l'immeuble de Nadia sans lui accorder un regard et s'engouffra quelques dizaines de mètres plus bas dans une boutique surmontée d'un @ lumineux. Le père Kern prit d'assaut le comptoir derrière lequel se tenait, avachi sur son tabouret, coincé entre un ventilateur et une photocopieuse, un Asiatique aux yeux bordés de cernes noirâtres.

— Je voudrais un ordinateur. J'ai besoin de consulter Internet.

— On ne fume pas à l'intérieur, chef.

Kern ressortit vider sa pipe sur le trottoir puis réitéra sa demande. L'autre l'observait d'un regard morne.

— C'est un euro pour un quart d'heure. Trois euros pour une heure.

Kern tira son portefeuille et plaqua un billet de dix sur le comptoir.

— Mettez-m'en pour deux bonnes heures. Et donnez-moi un poste à l'écart, je vous prie.

Il lui fallut en réalité moins de quarante minutes pour trouver ce qu'il cherchait. Le père Kern maîtrisait les principales fonctionnalités du Net grâce à Mourad, le surveillant de la cathédrale, qui l'été précédent avait accepté de lui donner quelques cours d'informatique le soir après la fermeture. Le prêtre avait ainsi pu découvrir d'innombrables sites de collectionneurs consacrés aux réveils anciens. Un temps, il avait même envisagé d'acheter un ordinateur, mais il n'avait jamais trouvé le courage de s'aventurer dans une boutique malgré la proposition de Mourad de l'y accompagner.

— J'ai besoin de téléphoner.

– Vous avez fini avec la machine, chef ?
– J'ai terminé, oui.
– Vous aviez pris deux heures.
– Je sais.
– Il vous reste plus d'une heure.
– Je n'en aurai pas besoin. En revanche il faut que je téléphone.
– Je peux donner votre ordinateur ?
– Oui, vous pouvez.
– Vous perdrez votre heure.
– Ça n'a pas d'importance. J'aimerais téléphoner maintenant.

L'homme sur son tabouret tendit le bras vers un alignement de portes en bois vitrées et numérotées.

– Vous avez le choix, chef. Choisissez celle que vous voulez. C'est pour où ?
– Pour où ?
– Dans quel pays vous appelez, chef ? Maroc ? Tunisie ? Algérie ?

*
* *

– Un Fanta orange. Et l'addition avec.

Gombrowicz s'était assis à une table depuis laquelle il disposait d'un point de vue plongeant sur le bas de la rue. Le serveur apporta la commande.

– Vous ne voulez pas vous mettre dehors ?
– Je suis bien à l'intérieur.
– Vous êtes sûr ? Parce qu'avec cette chaleur vous seriez mieux en terrasse pour voir ce qui se passe dehors.

L'officier de police judiciaire leva les yeux et fixa le serveur. Puis, sans un mot, il tourna de nouveau son regard vers le point qu'il fixait à l'extérieur. Le garçon, dont les joues étaient mangées par d'épaisses rouflaquettes, s'éloigna dans un long soupir qu'il laissa s'étirer jusqu'au comptoir.

Il resta là une grosse demi-heure, assis seul à l'intérieur tandis que les clients se relayaient à la terrasse dans le vague courant d'air aux relents de gazole provoqué par le passage des autobus. Il finit par se lever après avoir laissé le compte sur la coupelle de plastique échouée à côté de son verre. Il resta un instant dans l'embrasure de la porte, observant la rue en contrebas, prenant le temps d'allumer une cigarette avant d'être délogé par le serveur aux rouflaquettes, son plateau à la main, dont les allers-retours entre la terrasse et l'intérieur étaient incessants. Il quitta le bistrot en courant, négligeant derrière lui le traditionnel et machinal « merci au revoir », comme pris d'une soudaine urgence de se dégourdir les jambes, traversant la rue après avoir laissé passer un autocar immatriculé en Allemagne, dévalant le trottoir opposé jusqu'à une boutique où il s'engouffra en coup de vent.

– Le type qui vient de sortir d'ici, le petit en costard clair, qu'est-ce qu'il était venu faire ?

– On ne fume pas à l'intérieur, chef.

Gombrowicz tira sa carte de police de la banane qu'il portait en bandoulière.

– Je t'ai posé une question, Bruce Lee.

– Il a acheté six douzaines de rouleaux de printemps.

– Te fous pas de moi.

– Il a utilisé un poste Internet, chef. Quoi d'autre ?

– C'est tout ?

– Ensuite il a téléphoné.

– Pour où ? Tu sais ?

– Aucune idée.

– Son ordinateur, c'était lequel ?

– Celui du fond, là-bas.

L'officier s'assit devant le poste et posa la main sur la souris. Il cliqua sur l'historique de la session toujours en cours, remontant site après site dans la mémoire de l'ordinateur. Lorsqu'il eut tout feuilleté, de la première à la dernière page consultée par le précédent utilisateur, il se cala dans son fauteuil, alluma une cigarette et fixa le plafond.

– S'il te plaît, chef, on ne fume pas à l'intérieur.
– Espèce de vieux pervers...
– Qu'est-ce que tu dis, chef ?
– Je dis : espèce de petit dégueulasse.

Et tandis que Gombrowicz plongeait à nouveau dans la chaleur caniculaire de la rue Blanche, l'Asiatique quitta comme à regret son tabouret. Il s'approcha de l'ordinateur que l'officier de police venait tout juste de délaisser. Il contempla l'écran et son œil absent parut soudain s'éveiller devant ce qui s'offrait à lui sur fond pastel.

« Étudiante orientale de 22 ans, câline et sensuelle, reçoit sur Paris 18e hommes mûrs et courtois pour moments de détente et de complicité. Cheveux bruns – yeux noisette – 1,63 m pour 54 kg – 90D naturel. De 19 h à 24 h. Massages relaxants. Finition buccale ou manuelle. Câline ou sévère. Possibilité de massage à quatre mains avec amie complice. »

Et sous le numéro de téléphone portable, une photo amateur prise au flash montrait une jeune femme brune au visage flouté qui posait nue dans sa baignoire, ses deux mains rehaussant des seins qu'elle avait lourds, tandis que la courbure de ses reins, ses fesses, son sexe disparaissaient derrière un rideau de douche rose à cœurs mauves.

*
* *

Elle avait été entendue par un policier de l'IGS et une magistrate de l'IGSJ au 36 quai des Orfèvres, pendant l'heure du déjeuner, dans une petite pièce qui servait parfois de box d'interrogatoire pour les flagrants délits. Ils lui avaient posé leurs questions en rafale, revenant sans cesse, comme par vagues, à cet instant où tout avait basculé, à cette décision d'entrouvrir le Velux et de défaire les menottes du jeune gardé à vue. Et Claire Kauffmann avait pensé : « Combien de fois vont-ils poser la même question ? Ils y reviennent toujours. À chaque fois ils changent un mot ou deux dans leur formulation mais la question reste toujours la même. Y a-t-il tant de manières différentes de raconter un geste de deux ou trois secondes ? Y a-t-il tant d'angles différents pour voir la chose ? La vérité n'est-elle pas la vérité ? » Et la jeune magistrate reformulait encore et encore ses explications, modifiant à son tour un, ou deux, ou trois mots dans sa déclaration.

En plein milieu d'une phrase elle s'était interrompue, pensant tout à coup à sa conversation du matin avec le père Kern, se demandant si l'ordre intimé à Landard de défaire Thibault de ses entraves, cet ordre-là qui s'était avéré si lourd de conséquences, avait correspondu au fond d'elle-même à une décision d'ordre légal ou moral. Et le policier assis face à elle, qui n'avait cessé depuis le début de l'interrogatoire de déplacer son gobelet de café d'un coin à l'autre de la table, s'était engouffré dans l'instant d'hésitation marqué par la substitut et avait dit : « En somme, vous vous demandez si vous n'avez pas été trop humaine à l'égard de ce suspect ? » Puis, Claire Kauffmann ne répondant rien sur le moment, il avait insisté : « Vous vous demandez si ce bref instant de faiblesse ou de… comment dirais-je… de compassion n'a pas causé sa mort ? »

Elle était ressortie de la séance d'interrogatoire totalement vidée, incapable de la moindre pensée un tant soit peu construite, tout juste bonne à se demander si elle avait bien fait de se spécialiser dans le droit pénal. On l'avait renvoyée à son métier, à son rôle de Sisyphe en jupe droite et chignon serré. Elle ignorait encore si elle ferait l'objet d'une procédure disciplinaire. Il s'agissait pour les enquêteurs de déterminer si le jeune Thibault aurait dû être entendu en milieu hospitalier plutôt que dans les locaux de la Brigade criminelle. En somme l'enquête se détournait d'elle, s'accrochait à des questions techniques, procédurières, la laissant seule face à ses interrogations.

Elle avait regardé sa montre et constaté qu'elle n'aurait pas le temps de manger avant sa prochaine audience de quatorze heures. Elle était alors brièvement remontée dans son bureau pour y prendre le dossier du carreleur qui avait battu sa femme à coups de marteau. Au passage, elle avait vérifié que le père Kern avait bien replacé le dossier Notre-Dame dans son tiroir. Elle avait bu un verre d'eau. Puis elle s'était présentée en salle d'audience comme en pays étranger.

L'affaire avait été expédiée, en présence de la femme du carreleur tout juste sortie de l'hôpital. Elle avait requis de la prison ferme assortie d'une obligation de soins. Elle s'était comportée en automate, parlant d'un phrasé staccato que les gens du Palais commençaient à connaître, sans jamais véritablement lever le nez de sa paperasse.

Enfin, au terme de l'audience, elle avait échoué dans l'immense salle des pas perdus du Palais de justice, nauséeuse et désorientée, le ventre vide, la tête dans un étau, ses lourds dossiers calés au creux du bras. Elle s'était noyée dans le brouhaha de la foule faite de visiteurs, de magistrats, d'avocats et de gendarmes. Le bruit de ses talons sur le marbre lui avait semblé lointain, ne lui parvenant plus qu'à travers l'écho qu'ils provoquaient dans l'immensité du lieu et qui se mêlait aux autres bruits ambiants. C'était soudain comme si ses pas ne lui avaient plus appartenu, comme s'ils s'étaient en quelque sorte éloignés d'elle-même. Et tout à coup elle avait eu envie de crier. Et ce cri qu'elle avait senti monter du fond de ses entrailles lui en avait rappelé un autre, le seul qu'elle eût vraiment lâché de toute sa vie.

C'était dans le réfectoire du lycée, l'année de son bac, l'année de ses dix-sept ans. Un camarade de classe s'était assis à côté d'elle à table et lui avait parlé trop fort et trop près. Surtout trop près. Et tandis que l'autre lui braillait à l'oreille pour mieux couvrir le chahut des huit cents autres élèves en train de dévorer leur steak-frites, elle s'était mise à hurler. Un cri suraigu qui semblait ne pas avoir de fin, un cri qui s'était élevé dans l'air du réfectoire au-dessus de tous les autres, un cri qui avait instantanément fait taire tout un lycée. Un surveillant l'avait emmenée chez le principal, un petit moustachu qui regardait le monde et ses élèves caché derrière d'épaisses lunettes, face auquel elle était restée muette, incapable d'expliquer ce hurlement de détresse qui s'était échappé d'elle. Le cri n'avait servi à rien. Personne ne l'avait véritablement entendu. Elle se l'était tenu pour dit.

Près de vingt ans plus tard, dans l'immense salle des pas perdus remplie de toutes ces voix qui se chevauchaient, s'entremêlaient et se grimpaient dessus, le même cri, le même trop-plein s'apprêtait à sortir.

Elle le sentait monter. Une vague, un flot, une marée irrépressible. Un cheval au galop qui bientôt sortirait de sa bouche.

Et tout à coup elle l'avait vue, petite chose brune assise sur l'un des bancs de bois, non loin du monument aux morts dédié aux gens du Palais disparus pendant l'une ou l'autre des deux guerres. Elle l'avait vue, serrant son sac à main sous un bras, l'autre immobilisé par une épaulière bleu électrique fermée par un Velcro. La femme du carreleur. Celle qui s'était fait démolir à coups de marteau moins de quarante-huit heures plus tôt. Celle dont le mari venait de prendre un an, dont six mois ferme, à la suite du réquisitoire de Claire Kauffmann.

Elle avait alors lâché ses dossiers. Les feuillets s'étaient répandus à ses pieds, glissant sur le marbre lisse tout autour d'elle. Un jeune avocat en robe noire, aux cheveux plaqués par une épaisse couche de gel, s'était aussitôt précipité, s'agenouillant devant la magistrate, commençant à ramasser une à une les feuilles abandonnées. Elle avait ignoré le beau gosse, piétiné la paperasse, pour rejoindre le banc de bois tout près du monument aux morts. La femme du carreleur avait levé vers elle des yeux en pleurs. L'un d'eux était cerné d'un hématome noirâtre. Et, tandis qu'à quelques mètres de là l'avocat remettait les pages de son réquisitoire dans l'ordre, Claire Kauffmann avait longuement parlé avec la femme du carreleur.

Elles avaient fini par s'asseoir, au milieu du va-et-vient incessant, discutant comme deux amies marquées par la vie, se comprenant à demi-mot, reconnaissant chez l'autre un geste inconscient, une attitude de protection, une imperceptible tension dans le corps qui trahissait la peur mais allait en s'estompant au fil de la conversation. Puis au final elles s'étaient souri, et la femme du carreleur avait posé sa main libre sur le bras de la jeune substitut. Claire Kauffmann s'était levée et l'avocat en robe noire, qui faisait le pied de grue depuis bien un quart d'heure, en avait profité pour lui rapporter son dossier. Il le lui avait tendu en disant : « C'est lourd, dites donc. » Il le lui avait tendu en répétant : « Vous ne devriez pas porter des choses si lourdes, mademoiselle. » Elle l'avait regardé droit dans les yeux, l'avait gratifié d'un sourire charmeur bien qu'un peu maladroit, puis elle avait répondu : « Vous avez bien raison, Maître. Ça ne vous ennuie pas de me le déposer au greffe ? Je n'en aurai plus besoin aujourd'hui. » Puis elle avait quitté la salle des pas perdus, laissant l'avocat ahuri, les bras chargés de paperasse, la regarder sortir de son pas qu'elle avait léger.

*
* *

Au téléphone, Nadia lui avait donné rendez-vous pour vingt-trois heures. Kern avait commencé par refuser – il savait que ses douleurs articulaires ne lui permettraient pas de tenir jusque-là et qu'il devait à tout prix rentrer chez lui –, mais elle avait insisté. C'était vingt-trois heures ou rien.

Il avait trouvé refuge un peu plus loin, dans le fond d'une brasserie faisant l'angle de la rue de Bruxelles et du boulevard. Le serveur, cette fois un vieux briscard en tablier blanc et gilet noir, avait fini par l'observer du coin de l'œil. Le père Kern était assis là depuis bientôt quatre heures, parfaitement raide et immobile devant sa tasse de café vide, et rien ne semblait en mesure de le faire remuer d'un iota. En réalité, il se laissait gagner par la douleur, observant les passants sur le trottoir comme s'ils marchaient à des kilomètres de là, perdus derrière une sorte de brouillard humide, poisseux, que la tombée de la nuit avait encore un peu plus épaissi. La fièvre quant à elle lui brouillait les idées et venait s'ajouter à la chaleur et aux relents de friture et de désodorisant pour toilettes qui flottaient dans le fond de la salle.

Enfin, il consulta sa montre et quitta la brasserie, le garçon soupçonneux passant aussitôt compter les pièces de monnaie abandonnées sur la table. Une fois dehors, il alluma sa pipe et le goût âcre de la fumée envahissant sa bouche lui fit du bien. Il prit une fois encore la direction de la rue Blanche. L'ambiance dans le quartier avait changé. La faune nocturne reprenait ses droits, chassait les touristes diurnes, baignait dans la lumière des phares de voitures, des néons racoleurs des devantures de peep-shows. Aux terrasses des bars la bière coulait à flots.

Arrivé face à la porte, il composa le code qu'il connaissait déjà par cœur et qu'il avait fait mine de noter quatre heures plus tôt au téléphone. Avant d'entrer, il croisa le regard cerné de noir du serveur aux rouflaquettes, cinq chopes en équilibre sur son plateau. Il était très précisément onze heures du soir.

Dans la courette aux vélos, il frappa à la porte et le choc de ses phalanges contre le bois se répercuta douloureusement dans tout son avant-bras. Il pensa : « Je ne tiendrai pas, je ne tiendrai jamais. » La porte s'ouvrit et Nadia apparut. Elle croisa les bras, baissant les yeux pour examiner le petit homme qui se tenait face à elle, tassé, intimidé, fiévreux.

– J'en étais sûre. Le type du cimetière. J'ai tout de suite reconnu votre voix quand vous avez téléphoné.
– Est-ce que je peux entrer ? J'aimerais beaucoup m'asseoir.
– Faites comme chez vous. Si je comprends bien vous avez déjà vos petites habitudes.

Elle s'effaça après une hésitation un peu trop jouée. Le père Kern pénétra dans un studio d'une trentaine de mètres carrés, simple, fonctionnel, dont le sol de carrelage blanc était en partie habillé d'un tapis oriental aux couleurs fatiguées. En passant, il jeta un œil à la salle de bains dont la porte était restée entrouverte. C'était bien le même rideau de douche que sur la page Internet. C'était bien Nadia dont il avait vu la photo, nue et offerte dans sa baignoire.

Dans le fond de l'appartement, une lampe halogène réglée au minimum diffusait une auréole falote sur un lit recouvert de coussins chamarrés. Le reste de la pièce – la table, l'armoire, l'ordinateur, le coin cuisine, les bouteilles d'alcool, les verres, les paires de chaussures alignées dans un coin – baignait dans une pénombre que des bougies posées à même le sol peinaient à rehausser. Nadia entra à son tour et s'adossa au mur. La lueur fragile des veilleuses faisait briller ses yeux. En la voyant ainsi contre cette surface blanche, Kern pensa à Luna, à son corps inanimé sur le dallage de Notre-Dame, à sa chevelure noire que la clarté des cierges rendait semblable à la moire. Nadia alluma une fine cigarette pour se donner une contenance. Ils restèrent ainsi à s'observer dans le silence le plus complet. Elle avait calé son coude sur sa hanche. La cigarette se consumait lentement dans l'air, juste au-dessous de son visage, noyant le haut de son buste dans la fumée.

– Vous étiez un client de Luna, c'est ça ?

Les mots parvenaient au père Kern avec une sorte de retard. La fièvre le mettait à distance. La douleur dans les articulations de ses mains virait lentement à la brûlure et il fourra les poings dans ses poches dans une tentative perdue d'avance d'étouffer l'incendie. Elle tira une bouffée de sa cigarette. La pointe incandescente éclaira sa bouche d'une tache orangée que Kern fixa comme la lueur lointaine d'un phare en pleine mer.

– Qu'est-ce que vous attendez de moi, que je prenne le relais ? Luna est à peine enterrée que vous vous pointez ici pour louer la deuxième beurette de service. C'est ça l'idée ?

Il la fixait avec une curieuse intensité, comme s'il peinait à saisir le sens de ses mots. Son regard errait vers les fenêtres entre lesquelles elle se tenait. De l'autre côté des vitres il pouvait voir les volets clos. Il aurait donné cher pour qu'elle ouvre tout en grand et fasse baisser la température étouffante qui régnait à l'intérieur. Ses pensées le ramenaient sans cesse au bocal de verre, à Notre-Dame, dans lequel il faisait passer les visiteurs à confesse. Peut-être était-ce à cause du manque d'air. Peut-être à cause de son attitude silencieuse dont il usait comme par réflexe, la même qu'il adoptait pour faire parler ceux d'entre ses fidèles qui peinaient à se confier malgré ce qu'ils avaient sur le cœur.

– Putain, vous êtes pas très bavard.

Elle aspira la fumée une dernière fois puis quitta le mur auquel elle était adossée.

– C'est deux cents euros de l'heure, comme avec Luna. Rapports protégés, fellation comprise, et pas de sodomie, comme avec Luna. Ne vous inquiétez pas, dans le noir vous ne verrez pas la différence. C'est moi qui lui ai tout appris.

Elle noya sa cigarette sous le jet de l'évier et, de la

pointe de son escarpin, éteignit l'halogène. Lorsqu'elle fit de nouveau face au père Kern, elle avait dégrafé sa robe et ses seins pointaient dans la lueur des trois bougies qui restaient pour tout éclairage. Kern était pétrifié.

Elle s'approcha encore. La robe glissa au sol. Perchée sur ses talons, elle dominait le petit prêtre d'une bonne tête. Elle lui sortit les mains des poches, les ouvrit délicatement et les plaça sur ses seins. Kern tremblait. Il marmonna un « non » crispé qu'elle noya aussitôt dans une douce interjection qui s'étira comme une caresse : « Chhhh… » Elle lui dit qu'il avait l'air d'un débutant. D'un jeune adolescent. Elle lui dit de se détendre. Elle lui dit que ses mains étaient brûlantes. Elle lui demanda ce qu'il aimait faire.

Le père Kern n'avait jamais touché le corps d'une femme. Jamais de cette manière. La faute à sa maladie, pas à sa foi. Ses années d'adolescence, avant l'entrée au séminaire, s'étaient passées dans l'isolement de la douleur. Or ce qu'il découvrait de ces rondeurs pour le moins sur le tard l'étonnait au plus haut point et le tirait de sa torpeur fiévreuse. Tandis que Nadia lui prenait les mains et les portait à ses seins, il s'était attendu à saisir une braise, toucher quelque chose d'incandescent, d'enivrant comme un alcool fort. Après tout, sa présence dans la chambre d'une prostituée constituait une sérieuse entaille à ses vœux. Or c'était tout le contraire qui se passait au contact de la peau de la jeune femme. Ses seins lui paraissaient doux et frais et, pour tout dire, d'une pureté qui dépassait tout ce qu'il avait pu voir ou sentir jusque-là. C'était comme tremper ses mains dans du lait. La peau de cette fille l'apaisait à tel point que cette maladie qu'il portait avec lui depuis l'enfance lui semblait devenue, le temps d'une caresse, une sorte de souvenir, certes vivace dans sa mémoire, mais désormais extérieur à son corps.

Les mains de Kern quittèrent la poitrine de Nadia et se posèrent sur sa taille. La tête du prêtre, comme aimantée par le parfum qu'elle portait au creux du cou, se posa à son tour sur ses seins. Il sentait le cœur de la jeune femme battre à son oreille, la chair tendre palpiter contre sa joue et soudain, sans qu'il s'en aperçût tout d'abord, quelque chose lâcha en lui. Il pleurait. Et ce flot de larmes ne voulait pas cesser. Nadia l'entoura de ses bras. Il réalisa qu'il n'avait pas pleuré depuis l'enfance et, se trouvant soudain vieux comme le monde, il s'autorisa enfin, pendant ces quelques secondes qui lui semblèrent une éternité, à combler ce retard.

Il finit par se redresser, séchant ses larmes du revers de la main, murmurant un « merci » quasiment inaudible mais qui sortait du plus profond de lui. Les seins de Nadia brillaient des larmes du père Kern. Elle ramassa sa robe à fleurs qui formait une corolle autour de ses pieds et se rhabilla sans un mot. Le tissu d'été absorba le liquide salé. Elle s'assit sur le lit, croisa les jambes, alluma une cigarette, prit le temps de souffler la fumée avant de parler.

– Bon. On va dire cent cinquante.

– Je vous demande pardon ?

– Je crois qu'on va s'arrêter là pour ce soir, vous m'avez l'air un peu fatigué. Ce sera cent cinquante euros.

– Je ne comprends pas.

– Que ce soit pour des larmes ou du sperme il faut payer, mon petit monsieur. Je vous ai fait du bien, vous m'avez caressée, j'ai pris sur mon temps et sur ma soirée, maintenant il faut respecter la règle du jeu.

– J'étais simplement venu parler.

– Vous n'avez pas idée combien de vieux types

viennent ici pour parler, mater, tripoter, tout ce que vous voudrez, mais pas vraiment pour baiser. Reste qu'il faut payer, quelle que soit la nature du service.

– Mais je n'ai pas une telle somme sur moi.

Elle se raidit et son ton changea du tout au tout.

– Tu dis quoi, là ? Tu croyais faire quoi en venant ici ? Boire un café gratos ?

– Je suis navré. Je pensais discuter de Luna.

– Putain ! Elle a toujours eu le chic pour ramener des tocards, celle-là.

Elle saisit son téléphone portable qu'elle avait laissé au pied du lit. Ses doigts pianotèrent sur l'écran tactile avec une rapidité déconcertante. Quelqu'un décrocha à l'autre bout de la ligne.

– C'est Nadia. J'ai besoin de toi, Gillou. J'ai récupéré un client de Luna… Il refuse de payer… Trop bizarre, le gars… Cent cinquante…

Elle jeta l'appareil sur l'oreiller et fixa Kern calmement, ses jambes toujours croisées, sa main s'approchant et s'éloignant de ses lèvres au rythme des bouffées de cigarette. Les douleurs envahissaient à nouveau le corps du petit prêtre, cette fois à la vitesse d'un raz de marée. Moins de vingt secondes plus tard, il entendit la porte de la cour s'ouvrir et un homme à la carrure impressionnante s'engouffra dans le studio. Il avait sur les joues d'épaisses rouflaquettes semblables à deux triangles de moquette. C'était le serveur du bistrot voisin.

– C'est quoi le problème, Nadia ?

– Monsieur touche mais ne veut pas payer.

– Écoutez, mademoiselle, je crois qu'il y a un malentendu.

– Je crois aussi. Et c'est Gillou qui va le régler. Vas-y doucement, Gillou, il a une maladie des os ou je sais pas trop quoi.

Le dénommé Gillou saisit le père Kern par le col de la veste. Sans véritable brutalité, un peu comme un éleveur immobiliserait un jeune veau, il bloqua le petit homme contre le mur et le délesta de son portefeuille. Il jeta l'objet sur le lit sans prendre la peine d'y jeter un œil.

– Paie-toi, ma belle. Je le connais, ton nabot. Il a pris un verre en terrasse cet après-midi. Une gueule pareille on l'oublie pas. Plus tard j'ai eu la visite d'un flic aussi. Je l'ai senti à trois kilomètres. Il est resté à l'intérieur mater ce qui passait dans la rue. Ça pue, cette histoire.

– Y a pas de rapport. Je crois pas, Gillou.

– Ça pue, je te dis.

Nadia cala la cigarette entre ses lèvres et ouvrit le portefeuille. Elle se figea soudain.

– C'est quoi, ça ?

La croix métallique que le père Kern portait habituellement à sa boutonnière avait remplacé la cigarette entre les doigts de la jeune femme.

– D'habitude les vieux qui viennent me voir planquent plutôt leur alliance dans leur portefeuille. C'est quoi, cette croix ? T'es curé ou quoi ?

Le père Kern ne répondait pas. La souffrance l'empêchait de penser et ses mains tremblaient comme deux feuilles. Il s'accrochait à une image lointaine et rassurante, celle du réveil Bayard démonté sur la petite table de sa chambre, comme si l'évocation de l'antique mécanique avait eu le pouvoir de lui faire reprendre le contrôle de la situation autant que de ses douleurs. Nadia referma le portefeuille.

– C'est le curé de Luna, Gillou. C'est lui dont elle nous avait parlé. Putain, c'est pathétique. En plus il a pas une thune, ce connard.

Gillou saisit à nouveau Kern par le col, cette fois sans la moindre précaution.

— C'est toi le curé de Luna ? Tu peux nous expliquer ce qui s'est passé dans ta cathédrale à la con ? Qu'est-ce qu'elle faisait là-bas, Luna ? Tu sais, toi ?

Il l'avait maintenant saisi à la gorge et lui fermait tranquillement la trachée. Kern était cloué au mur. Ses mains s'agrippaient aux poignets du serveur mais ils lui semblaient si démesurément épais qu'ils n'en étaient plus tout à fait humains. L'air commençait à se raréfier dans ses poumons quand Nadia quitta soudain son lit.

— Laisse-le, Gillou. C'est du cristal, ce type, il va nous claquer dans les pattes. De toute façon, c'est pas lui qui a tué Luna.

— Qu'est-ce que t'en sais ?

— C'est un curé. Un vieux baiseur, un pervers, tout ce que tu voudras, mais pas un tueur. Il suffit de le voir pour savoir, regarde-le. Luna lui aurait défoncé la tête en moins de deux s'il avait voulu lui faire du mal.

— Moi j'y crois pas, à l'autre barje qu'ils ont montré à la télé. Celui qui s'est passé par la fenêtre, là.

— Lâche-le, Gillou, lâche-le.

— J'y crois pas, je te dis.

Nadia hurla.

— Mais lâche-le, putain ! Celui-là il a rien fait...

— Pourquoi t'en es si sûre, Nadia ?

— Parce que tout ce qu'il a fait avec moi, celui-là, c'est de chialer...

— Quoi ?

— Il m'a serrée dans ses bras et puis il s'est mis à me chialer sur les seins.

Le serveur desserra son étreinte et Kern s'effondra sur le carrelage.

— Chialer ? Il t'a chialé sur les nibards ? C'est qui ce tordu, putain ?

— Fous-le-moi dehors...

— Et ton fric ? Tu veux que je l'emmène faire un tour au distributeur ?

— Fous-le dehors, je te dis... Tiens, rends-lui ses affaires, rends-lui sa croix à la con... S'il te plaît, Gillou, fais ce que je te dis. J'en peux plus, là, je suis fatiguée. Luna est morte. On l'a enterrée. J'en ai trop marre de faire la pute pour avoir de la thune. Je voudrais aller me coucher. Dormir et ne plus me réveiller.

Elle hoquetait mais les larmes se refusaient à couler.

Le serveur saisit Kern par la ceinture. Sans qu'il comprenne comment cela était arrivé, le prêtre se retrouva assis sur le trottoir de la rue Blanche. Enfin l'air frais, ou à peu près. Gillou se tenait au-dessus de lui, les mains dans les poches et un cigarillo au bec. Des passants s'arrêtèrent et proposèrent d'appeler les pompiers. Le serveur désigna son bistrot à quelques mètres de là.

— Ne vous inquiétez pas, c'est un client. On le connaît bien. Il a encore forcé sur la bouteille. C'est comme ça tous les soirs. Il picole au bar et puis il se casse la gueule sur le trottoir. Je le laisse prendre l'air avant la fermeture. Dans deux minutes ça ira mieux et il pourra rentrer chez lui. T'es pas en voiture au moins, Lucien ? Faut pas conduire avec tout ce que t'es mis dans le sang. Tu m'entends, Lucien ?

Il tira une main de sa poche.

— Tiens, ton portefeuille, tu l'avais encore oublié sur le comptoir.

Il le lui replaça dans sa veste. Rassurés par ce geste, les curieux s'éloignèrent et Gillou releva le prêtre par le col.

— Maintenant tu te barres d'ici, curé. Tu seras gentil d'aller tremper ta trique ailleurs. Et si jamais tu reviens faire chier Nadia, je te cloue sur une croix comme qui tu sais. On s'est bien compris ?

Puis, sortant la petite croix métallique du père Kern, il la jeta dans le caniveau.

*
* *

Il mit de longues minutes à la retrouver. Il ne maîtrisait plus ni ses mains ni son équilibre. Sa vision s'était brouillée. Pourquoi n'était-il pas resté chez lui ? Pourquoi avait-il voulu jouer à l'enquêteur ? Les voitures le frôlaient dangereusement en klaxonnant. Sur le trottoir opposé, un groupe de trois jeunes remontait vers la place Blanche. L'un d'eux avait une bouteille de Coca calée sous un bras et les deux poings enfouis dans les poches de son survêtement. Ils traitèrent Kern d'ivrogne et de bouffon tandis que celui-ci cherchait sa croix dans le caniveau. Au coin de la rue, Gillou, imperturbable, rentrait une à une les tables de sa terrasse.

Le prêtre finit par remettre la main sur sa croix. Il la garda serrée tandis qu'il prenait le chemin de la place, s'appuyant aux façades des immeubles pour ne pas s'effondrer. S'il tombait encore, il savait qu'il ne parviendrait pas à se relever. Ses articulations étaient en feu et ses jambes ne répondaient plus tout à fait aux ordres que son cerveau leur donnait. Il avait toutes les apparences du soiffard ivre mort, pourtant la seule ivresse qui le rongeait dans cet interminable chemin de croix vers la place Blanche était bien celle de la douleur.

Il traversa le boulevard en aveugle, les bras tendus

vers les voitures, sous les hurlements des pneus, des avertisseurs et des conducteurs, passant d'un pied sur l'autre dans un équilibre précaire, mû par le mouvement lui-même plus que par sa propre volonté. Le monde était désormais composé de lumières floues et multicolores, de voix et de bruits anarchiques qui résonnaient douloureusement dans sa tête et se déversaient en lui sans qu'il parvînt à les ordonner. La nuit s'était changée en un long tunnel dont il ne voyait pas le bout et il pensa : « Je ne maîtrise rien, je ne sais rien, je ne fais que suivre un chemin de douleur, au bout il y aura la lumière de la vérité ou le noir de la mort. »

Il s'effondra sur un banc inoccupé sur le terre-plein central. Combien de fois déjà était-il passé par là au cours des dernières heures ? Il ne parvenait plus à compter. Il se revoyait au bord d'une tombe, entouré de jeunes gens vêtus de blanc, mais il ne savait plus qui occupait le cercueil ni si ce souvenir remontait au jour même, à la veille ou bien à sa jeunesse. Il se sentait pris au piège, enfermé dans cet éternel aller-retour entre le repaire de la rue Blanche et le cimetière de Montmartre. Il regarda ses poings qu'il gardait obstinément fermés. Les néons des sex-shops leur donnaient une teinte violacée. Ou bien étaient-ce les marques rougeâtres de la maladie qui viraient au pourpre foncé ? Comment sortir de là ? Comment rentrer chez soi ? Il fouilla la poche de sa veste. Son portefeuille y était bien. Cela le rassura et le surprit. Il ne se rappelait plus comment il l'y avait remis après la fouille au corps infligée par le serveur aux rouflaquettes. Il l'ouvrit, seulement pour constater qu'il ne contenait plus un seul billet. Comment prendre un taxi ? Comment rentrer jusqu'à Poissy ? Comment même marcher jusqu'au métro dont il voyait la bouche toute proche ? Il resta là, assis sur son banc, hagard, sa minuscule croix serrée dans une main et son portefeuille dans l'autre, à fixer la tour du Moulin-Rouge en face de lui et le mouvement hypnotisant de ses ailes lumineuses. À nouveau, il pensa au réveil Bayard. Cette fois il ne parvenait plus à en ordonner les pièces dans le désordre immense de sa mémoire.

Les trois jeunes croisés plus bas, qui s'étaient jusque-là contentés de l'observer depuis le banc voisin en faisant circuler leur bouteille de Coca et un joint, finirent par s'approcher. L'un d'eux s'affala à ses côtés. Plus tard, il ne se souviendrait pas de leur visage mais seulement de l'odeur de celui qui s'était assis à côté de lui, une odeur de whisky et de cuir qui émanait de son blouson de motard, un blouson noir arboré malgré la chaleur et sur lequel il y avait des lettres blanches à la hauteur du cœur. Il se souviendrait de cette odeur de whisky, la distinguant nettement de l'autre, celle de vodka dans laquelle il flotterait un peu plus tard, un peu plus loin sur son parcours sans fin à travers les ruelles de Paris et de son purgatoire.

– T'as trop bu ou quoi, papa ? T'as pas peur comme ça tout seul avec ta thune à la main ? T'as pas peur des voleurs, papa ?

Lequel des trois avait parlé ? A priori ce n'était pas celui d'à côté, qui demeurait silencieux et vidait, comme absent, la bouteille de whisky-Coca. Les deux autres, debout face à lui, lui parurent tout à coup démesurément grands.

– T'as quoi ? T'es malade ?
– Il dit quoi, là ?
– Il dit qu'il a mal partout.
– T'as mal où, papa ? Momo, file-lui une taffe.
– T'es ouf ou quoi ?

— Il dit qu'il a mal, putain. File-lui une taffe, je te dis. Vas-y, papa, fume un coup, ça va te faire du bien.

Ils lui placèrent le cône de papier entre les lèvres. Il le refusa une première fois. À la seconde il aspira, et aussitôt l'odeur lui rappela celle des cellules à la maison d'arrêt de Poissy. Il aspira encore, et encore, et encore. Il commençait à oublier son corps, à partir, à flotter dans l'air tiède comme les ronds de fumée. Le cannabis rouvrait les portes de sa mémoire, le ramenait vers son frère, au tout début, dans les premières années de sa dégringolade, avant les drogues dures, avant les ennuis avec la police, avant la prison.

Ils lui ôtèrent le joint de la bouche.

— Vas-y doucement, papa, c'est de la bonne.
— Ça va mieux, papa ?
— T'as tout ce qu'il faut ?
— T'en veux un peu pour la maison, papa ? Prescription du docteur Momo. Si tu veux je te fais une ordonnance.

Les deux autres s'esclaffèrent. Kern les imita sans trop savoir pourquoi.

— T'as combien sur toi ?
— Fais voir ta thune. T'as combien, là, papa ?
— Il a combien ?
— Il a pas une thune, putain. C'est quoi ce vieux fils de pute, là ?

Il ne vit pas le coude gainé de cuir arriver. Il ne sentit le choc sur son visage qu'avec un temps de retard, une fois à terre, alors que les coups de pied pleuvaient déjà et qu'il se recroquevillait de son mieux sous le banc pour essayer d'encaisser. C'était le blouson noir qui frappait. Les deux autres le regardaient faire, les mains dans les poches du survêtement. Il sentit un liquide chaud couler de son nez, inonder sa joue, son oreille, sa nuque, sa chevelure. Depuis quelques secondes déjà, ses lèvres remuaient dans le vide mais rien ni personne ne semblait exaucer sa prière. Il est vrai qu'elle ne s'adressait pas à Dieu mais à son frère. Enfin il entendit des cris et les coups s'arrêtèrent.

Il se sentit tiré de sous le banc. Instinctivement, il plaça ses bras autour de sa tête mais des mains puissantes les saisirent pour les en écarter. Il renonça à la lutte et s'exposa, les bras en croix sur le bitume du trottoir. Qu'aurait-il bien pu faire, lui l'avorton d'un mètre quarante-huit ? Il acceptait son sort, il acceptait son corps martyr, il acceptait les coups, il acceptait jusqu'à l'idée de la mort. Ses muscles se détendirent. Un temps, il crut venu le moment d'être rappelé à Dieu. Pourtant les secondes passaient, chacune longue d'une éternité. Lorsque enfin son nez laissa passer un mince filet d'air et qu'il put à nouveau respirer, il vit que quelque chose avait changé, ou plus exactement il le sentit. L'odeur de la vodka avait succédé à celle du whisky. Et quand il rouvrit les yeux et regarda au ciel, il vit une grosse tête d'ours, comme droit sortie d'une grotte préhistorique, hirsute et grasse, qui l'observait, et dont la teinte des poils variait au rythme des néons clignotants et des phares balayant le terre-plein. Il se sentit soudain soulevé en l'air et déposé sur un duvet de plumes. Il s'y accrocha comme un enfant à une énorme peluche, pourtant Dieu seul savait à quel point cet ours en peluche là sentait mauvais. Son corps n'avait plus de poids. Il se sentait aussi léger que l'air. Le sang coulait toujours de son nez. Il leva les yeux au ciel. Au-dessus de lui, les ailes du Moulin-Rouge poursuivaient leur mouvement circulaire et paresseux, un mouvement que rien ne semblait, cette nuit-là, en mesure d'arrêter.

*
* *

Il flottait. Et les rues de Paris, baignées dans cette agitation nocturne propre aux soirées de canicule, défilaient devant ses yeux mi-clos. Les gens le regardaient passer avec étonnement, certains le montraient du doigt, d'autres éclataient de rire. Il se savait désormais protégé, à l'abri sous une carapace de crasse et de puanteur. Personne, cette nuit-là, ne s'approcherait plus de lui. Il pouvait se reposer enfin. Fermer les yeux tout à fait et se laisser bercer. Le sang séché avait formé une fine croûte sur sa joue et son cou. Il la sentait se craqueler à chaque mouvement de balancier imprimé à sa tête, à chaque dodelinement, au rythme des pas qui le portaient d'un arrondissement à l'autre, mais qui pourtant n'étaient pas les siens.

Il laissait son âme errer. Il se voyait maintenant vêtu de blanc, seul au bord d'une fosse béante où l'on venait de déposer le corps de son grand frère. Il avait dix-sept ans et son frère mort venait d'en avoir vingt. Les fossoyeurs scellaient le tombeau de l'aîné, pour toujours, le livrant à la pourriture du temps, aux vers, à la poussière, tandis que le cadet restait en marge du précipice, une vie entière à vivre et déjà l'expérience de la douleur ancrée au fond de sa mémoire.

Trois jours plus tard il revenait au cimetière dire un dernier adieu à son frère. Il avait vieilli de trente ans. Il s'était asséché. Il marchait dans les allées de gravier. Il voyait les fleurs déjà ternies de la cérémonie, de la mise en terre. Il s'approchait encore. La dalle était déplacée, le tombeau grand ouvert, vide, désert. Il regardait autour de lui. Il appelait. Il voyait son grand frère s'éloigner entre les sépultures. Il courait à sa poursuite. Les caveaux défilaient, anonymes, froids, lisses. Il appelait encore. Son grand frère s'arrêtait, se retournait, son visage comme au temps de son adolescence, intact, comme au temps de leur amour, de leur complicité, avant la drogue, avant la dépendance. Son grand frère lui parlait. Il lui disait adieu. Il le serrait dans ses bras. Il lui disait de vivre sa vie. Il lui disait de chercher la lumière. Il lui disait que dans ce petit corps il y avait des faiblesses mais aussi tant de force. Il finissait par s'éloigner. Revenait à sa fosse. Disparaissait à jamais sous la terre après un ultime sourire empli d'une éternelle jeunesse.

Kern rêvait-il ? Vers quelles régions du souvenir son délire et sa fièvre l'amenaient-ils ? Maintenant il franchissait une grille. Il entendait le sol crisser sous les pas. Il était entouré de feuillages épais. Il pouvait enfin s'allonger sur le sol. Une couverture, un lit, ou quelque chose d'approchant. Reposer ses membres douloureux et inertes. Étendre ses bras sur la fraîcheur de l'herbe humide. Sombrer dans l'inconscience. Où était-il ? Au-dessus de lui, la silhouette noire de Notre-Dame se dressait dans la nuit, gigantesque araignée au corps lourd porté par ses arcs-boutants. Il voyait le chevet tout proche. Il tendait la main pour essayer de le toucher. Il voyait une silhouette s'en détacher, marcher, le contourner. Une forme féminine, blanche, pure, à la chevelure soyeuse. Il la voyait monter les marches, nerveuse, méfiante. Il la voyait frapper à la porte, attendre, s'impatienter. La porte s'ouvrait, la laissant s'éclipser à l'intérieur, cédant la place dans l'embrasure à une autre silhouette, plus massive, plus sombre aussi, celle d'un homme dont le visage restait dans l'ombre et qui prenait le temps, avant de refermer la porte et disparaître à son tour, de jeter un coup d'œil inquiet au-dehors.

Il finit par fermer les yeux. Il se sentait sombrer pour de bon mais il ne parvenait pas à dormir tout à fait. La faute à cette lumière encore lointaine, mouvante, immaculée, qui ne cessait pourtant de s'approcher de lui et vers laquelle il se sentait irrésistiblement attiré.

*
* *

Ils se remettent en route avant l'aube. Ils veulent atteindre le village situé dans les hauteurs avant les premiers rayons du soleil. Boucler la zone au plus vite, en silence, et dans l'obscurité. Ensuite ils ne trouveront plus rien. Ensuite il sera trop tard une fois le jour levé. Le sergent l'a bien précisé pendant la nuit, et le sergent est un homme respecté.

Avant de quitter l'oued en partie asséché, à la lumière des lampes, ils remplissent leurs gourdes aux filets troubles qui s'écoulent çà et là. La journée sera caniculaire. Le mois d'août ici ne pardonne pas, et l'eau ne doit jamais venir à manquer. Aussi faut-il l'économiser. C'est ce que le sergent rappelle au sous-lieutenant en une phrase lapidaire tandis que celui-ci entame déjà sa ration, l'ascension vers la crête à peine lancée.

En fin de journée, une fois l'opération bouclée, ils rentreront au camp de base, probablement en hélico, au pire en camion, et ils boiront de la bière chaude jusqu'à plus soif, en pensant au lendemain, à la prochaine mission, sans jamais évoquer les missions passées. Ils boiront jusqu'à ce qu'ils ne puissent plus se lever pour aller pisser. Ainsi passeront les heures du commando de chasse au repos.

À mi-pente, ils font une halte au moment prévu pour la vacation radio. Les ordres sont confirmés. Contrôler un village en zone interdite où l'activité semble avoir repris. Contrôler les identités. Faire le ménage. Passer l'envie aux villageois de revenir s'installer. Et qui sait, peut-être remettre la main sur cette radio après laquelle ils courent depuis des jours, un PRC 10 perdu lors d'un accrochage et que des appelés leur ont signalé avoir entraperçu deux fois déjà, à la jumelle, sur le dos d'un fell en cavale. Le sergent en a fait une affaire personnelle. Le sergent éprouve un grand respect pour le matériel. Il n'aime pas le savoir aux mains de l'ennemi. Le jeune sous-lieutenant le sait, qui aimerait bien récupérer le poste et l'offrir au sergent comme un trophée, une première marque de complicité.

Depuis qu'il a reçu le commandement du stick, le sous-lieutenant se sent jaugé, jugé, parfois désapprouvé par son subalterne. Classique opposition de style entre un vieux briscard ayant fait ses classes en Indochine et un fils de bonne famille, issu d'une longue lignée de militaires, tout juste sorti de l'école d'officiers. Le sergent ne s'est jamais permis une seule critique. Pas une fois. Mais ses silences sont éloquents. Ses silences et certains de ses airs. Comme celui de dégoût, très bref et presque imperceptible, qu'il a pris tout à l'heure lorsque le sous-lieutenant lui a tendu sa gourde pour lui offrir à boire. Le sous-lieutenant s'en doute : il faudra du temps pour se faire respecter. Du temps, et puis passer avec succès l'épreuve du commandement au feu.

Pour l'heure, ils marchent pour quelques minutes encore dans une obscurité quasi complète. Leurs yeux s'y sont habitués. De la semelle de leurs rangers ils testent parfois la solidité des pierres. Une chute ne serait pas dangereuse mais elle ferait du bruit. Dans ce décor, le moindre caillou qui dégringole s'entend à cinq cents mètres à la ronde. Derrière eux, le point du jour se fait sentir. Il faut presser le pas. Atteindre cette crête depuis laquelle ils domineront une partie du djebel. Là-haut ils laisseront la mitrailleuse AA52 en bouclage, puis ils redescendront vers la droite, vers les premières mechtas en torchis du village et l'objectif final de leur mission.

VENDREDI

Jamais encore il n'avait à ce point perçu l'aurore comme une nouvelle naissance. Peut-être parce qu'il avait dormi à la belle étoile et que ce lever de soleil sur l'île de la Cité avait quelque chose de neuf et de pur. Peut-être en raison de la violence des événements du soir. Peut-être parce qu'il avait eu peur, pour sa vie et pour son corps.

Il se laissait caresser par les ombres et la timide lumière du point du jour. Il souriait bêtement et respirait par la bouche, échappant ainsi à l'indicible puanteur dans laquelle il baignait et qui émanait du sac de couchage dans lequel il était allongé. Il n'avait pas encore essayé de remuer ses membres. Il préférait pour le moment les garder gourds et anesthésiés par la nuit. Il savait qu'au moment de se lever, de retourner vers cet immense édifice de pierre qu'il pouvait voir de l'autre côté du grillage vert, son corps lui ferait payer les excès, les imprudences, les coups encaissés, et peut-être même ses péchés de la veille. Il avait caressé les seins d'une femme. Et de ses lèvres il en avait frôlé les tendres extrémités.

Le square était désert. Bientôt ses grilles allaient rouvrir et les touristes l'envahiraient avec une lenteur nonchalante. Il lui faudrait alors s'extraire du duvet et retrouver sa double vie de prêtre et d'enquêteur. Pour le moment il profitait de cette curieuse grasse matinée. Il était absent du monde, absent de lui-même, et cela l'aidait à recouvrer ses forces et à reprendre en partie ses esprits.

Il entendit des pas sur le gravier. Les feuilles du buisson derrière lequel il était dissimulé s'agitèrent et la bouille hirsute de Kristof apparut entre deux branches.

– Ça va ça va ?

– Ça va, Kristof. Je veux te remercier pour ce que tu as fait hier soir.

– Hier ?

– Tu m'as ramassé par terre, n'est-ce pas ? C'était bien toi, n'est-ce pas ?

– Bouvard Clichy, oui, oui...

– Que faisais-tu si loin de ton quartier, Kristof ?

– Quartier ?

– Que faisais-tu là-bas ?

– Polska Misja Katolicka.

– La mission catholique polonaise, bien sûr. Et tu rentrais dormir ?

– Notre-Dame maison, oui.

– Notre-Dame maison... Tu m'as ramené jusqu'ici, n'est-ce pas ? Tu m'as porté sur ton dos comme saint Christophe avec l'Enfant Jésus...

– Ici, oui. Ça va ça va.

– Kristof, je crois que tu m'as sauvé la vie hier.

– Ça va ça va. Pas problème.

Le Polonais tendit au père Kern un croissant rassis.

– Musisz jeść.

– C'est pour moi ?

– Musisz odzyskać siłę.

– Merci, Kristof. Et toi, tu as de quoi manger ?

Pour seule réponse il tira une canette de bière bon

marché de sa poche, la vida en quelques gorgées, éructa bruyamment et la jeta contre le grillage qui séparait le square Jean-XXIII du jardin de Notre-Dame. Kern mordit dans le croissant. Kristof l'avait probablement dégotté au café faisant l'angle de la rue du Cloître, il arrivait à la patronne de lui donner des viennoiseries de la veille en échange de quelques heures durant lesquelles le Polonais s'engageait à ne pas faire la manche auprès des touristes en terrasse. Kern avait bon appétit. Il alla jusqu'à ramasser les miettes tombées sur sa chemise tachée de sang et cela fit rire Kristof. C'était peut-être le meilleur croissant que le prêtre eût jamais mangé.

– Toi trouvé morderca ?

– Non, Kristof, je n'ai pas encore retrouvé le meurtrier.

Le routard se rembrunit et se mura dans le silence. Puis, comme au bout d'un long débat avec lui-même, il finit par entrouvrir la fermeture Éclair de sa doudoune et plongea sa pogne dans l'ouverture. Il en sortit aussitôt une photo aux couleurs défraîchies, protégée par un adhésif transparent que le temps avait jauni par endroits. Elle représentait une fillette de dix ou douze ans, en robe blanche de communion solennelle, une croix en bois suspendue à son cou qu'elle avait gracile et menu. À ses côtés, un bras passé autour des épaules de la petite, un homme en costume marron et cravate à fleurs, une raie soigneusement dessinée sur le côté de sa chevelure blonde, souriait béatement. Le père Kern ne reconnut pas immédiatement le clochard polonais dans ce papa un peu raide et maladroit, posant devant l'objectif en habit du dimanche, dont le sourire imprimait à sa physionomie un air adolescent et – il fallait bien le dire – foncièrement heureux. Que s'était-il passé depuis le jour où ce cliché avait été pris ? Quel événement avait pu faire trébucher Kristof, le précipitant dans cette dégringolade sans fin qui l'avait fait s'échouer derrière un buisson du square Jean-XXIII, Paris 4ᵉ arrondissement ? Le prêtre ne le savait que trop, il l'avait observé de si nombreuses fois au cours de son sacerdoce : il fallait un déclencheur à la misère ; une séparation, une maladie, une tragédie familiale... Un être humain se battait longtemps avant de basculer. Il fallait que le sort s'acharne et puis finisse par vous donner le coup de grâce.

Du bout de ses doigts jaunis par le tabac, Kristof caressa la photographie.

– Mon petite fille. Helena.

– Où est-elle, Kristof ?

Le Polonais observait le prêtre sans paraître comprendre, comme absent du lieu et du temps, comme absent de lui-même. Kern répéta en pointant la photo.

– Où est Helena maintenant ?

Kristof fit un geste vague autour de lui.

– Elle est à Paris ? Kristof, ta fille est à Paris, c'est ça ? Quel âge a-t-elle maintenant ? De quand date cette photo ?

– Moi chercher Helena. Elle partir Pologne. Elle partir Kraków.

– Quand était-ce, Kristof ? Quel âge avait-elle lorsqu'elle est partie ? Tu es venu la chercher jusqu'ici ?... Quand a-t-elle quitté la Pologne ?

En écho à cette dernière interrogation, Kristof traça une date dans le mélange de sable et de gravier qui lui servait de lit chaque soir, une date qui résumait à elle seule l'ampleur et la durée de sa dégringolade : 1996.

Kern peinait à poser la question suivante. En regardant le clochard dans sa doudoune éventrée de toutes parts, il lui semblait déjà connaître la réponse.

– Ta fille, tu l'as retrouvée ?

Alors le Polonais saisit le petit prêtre par le col de sa chemise maculée de sang séché et sa respiration se fit soudain plus bruyante. Il plongea son regard clair dans celui de Kern et ses yeux s'embuèrent. Enfin il marmonna dans sa barbe quelques mots qu'il répéta deux ou trois fois avant de remettre la photographie dans sa poche intérieure.

– Toi trouver mordeca... Toi trouver mordeca...

Il ouvrit une seconde canette de bière qu'il fixa avec dégoût avant de la boire d'un trait. À quelques mètres de là, un employé de la Ville de Paris venait de déverrouiller la grille du jardin et entamait un vague tour d'inspection. Kristof se tapit un peu plus derrière les feuillages. Le prêtre posa sa main décharnée sur l'avant-bras épais du Polonais.

– Je vais le retrouver, Kristof. Je te le promets. Sur ma foi en la Vierge, je te le promets.

Il était l'heure de partir. Kern attendit la sortie du préposé aux squares. Enfin il entreprit de se lever et ses membres se rappelèrent à son souvenir. La journée s'annonçait douloureuse. Il dut rassembler toute sa volonté pour se remettre en marche. Son corps, il pouvait le sentir, était en bout de course. Il se tourna une dernière fois vers le buisson derrière lequel se tenait Kristof, accroupi et apathique, emmitouflé dans sa doudoune lie-de-vin dont s'échappaient les plumes, et cette vision lui serra le cœur.

Il rinça son visage à la fontaine qui faisait le coin du parvis et de la rue d'Arcole. Son crâne était encore imbibé du sang séché de la veille et il finit par basculer la nuque sous le jet. Il s'ébroua comme un jeune chien et la fraîcheur de l'eau lui fit du bien. Le père Kern se tourna vers la façade de Notre-Dame. Les deux tours se dressaient au-dessus de sa tête encore dégoulinante, et pour la première fois de sa vie il les trouva menaçantes. La porte Sainte-Anne était fermée, il n'était pas encore huit heures. Il lui faudrait emprunter la grille réservée au personnel, côté Seine, longer le mur sud de la cathédrale, passer devant le presbytère avant d'atteindre la porte donnant sur la sacristie. Avec un peu de chance, à cette heure-ci il ne croiserait personne avant d'avoir pu se changer. Il lui fallait se débarrasser de ses vêtements souillés et de l'odeur alcoolisée de Kristof dont il était imprégné. Surtout, il lui fallait se purifier de cet instant d'égarement où, les mains posées sur la peau d'une femme, il avait bien failli tout oublier.

*
* *

Il glissa comme une ombre dans le couloir de la sacristie, marchant droit à son casier dans lequel, comme tous les prêtres de la cathédrale, il laissait ses habits liturgiques et des vêtements de rechange. Chaque membre, chaque muscle, chaque articulation de son corps se signalait à lui à chacun de ses pas. Il avait l'impression d'abandonner derrière lui une traînée grisâtre faite de puanteur et de culpabilité, qui allait s'épaississant à mesure qu'il s'enfonçait à l'intérieur de l'édifice, et dont la saleté reflétait la teneur de ses actes. Et pourtant, la peau de cette prostituée dont il gardait le souvenir intact sur ses paumes lui était apparue si pure, si douce, si blanche.

Au moment de se changer, il entendit un objet métallique tomber de sa poche et rebondir sur le dallage. C'était sa croix, qu'il avait fait le choix d'ôter de sa boutonnière la veille au soir, puis qu'il avait longtemps gardée enfouie dans son poing tandis que sur son corps pleuvaient les coups. Il la ramassa et l'agrafa avec soin au revers de la veste propre qu'il venait d'endosser. Il roula en boule ses vêtements souillés et les tassa dans le fond de son placard pour en dissimuler la puanteur.

Il s'assit sur le coffre de bois où il avait ses habitudes et, pour la première fois depuis les événements de la veille, il prit le temps de faire le point. Que savait-il au juste ? Qu'avait-il appris ? Face à lui se trouvaient une vingtaine d'étroits casiers en bois courant le long du mur, chacun mis à la disposition d'un prêtre de la cathédrale. Or l'un de ces casiers appartenait à un client régulier de Luna Hamache, étudiante et prostituée, que le père Kern et son sacristain, quatre jours plus tôt, avaient trouvée assassinée.

Il se projeta encore un peu plus en arrière, au terme de la célébration de l'Assomption, la veille de la tragique découverte. Il se revit dans ce même couloir, parmi les autres curés de Notre-Dame, tous occupés à se défaire de leur habit liturgique comme autant d'acteurs quittant leur costume de scène une fois le rideau tombé sur la représentation. Ce soir-là, comme après toute célébration d'envergure, comme après toute messe impliquant une foule importante, l'atmosphère avait été faite d'ingrédients divers : tension de l'événement encore tout frais dans les mémoires, soulagement et fatigue s'installant dans les corps à mesure que l'on rangeait les étoles dans les placards, humour potache pour marquer le retour à une certaine routine. Kern revit l'évêque auxiliaire, monseigneur Rieux Le Molay, encore en habit de messe, emprunter le couloir et sortir à l'air libre côté Seine, son téléphone portable collé à l'oreille ; il vit Gérard enfiler une paire de gants en latex et imbiber une éponge de détergent, le recteur ayant renversé son gobelet de café sur un tapis de la sacristie ; il tâcha de se remémorer tout détail, toute parole susceptible de trahir un stress inhabituel chez l'un des curés présents dans ce couloir. Il les passa tous en revue dans sa mémoire, il tâcha de se souvenir de leur ordre de départ, de leurs dernières paroles avant de quitter l'enceinte de la cathédrale ; il tâcha même de ressentir dans sa paume vide la fermeté ou la mollesse de chaque poignée de main au moment de se dire au revoir.

Épuisé par l'exercice qu'il jugeait désespérément stérile, Kern ferma les yeux et laissa échapper un long soupir. La mission qu'il s'était assignée avait ceci de terriblement contre nature qu'elle l'obligeait, lui l'homme de Dieu, lui le porteur d'un message d'espoir, à voir le mal partout, y compris au sein de son Église.

– Vous êtes tombé du lit ce matin, père Kern ?

C'était précisément Gérard qui s'en revenait du chœur après avoir mis en place les objets liturgiques pour la messe du matin. Le sacristain interrompit son travail pour dévisager le petit prêtre.

– Sans blague, mon père, vous vous êtes cassé la figure ? Vous avez la pommette abîmée.

– Un accident sans gravité. Je préfère ne pas vous raconter ma soirée, Gérard.

– Vous êtes encore allé vous battre dans les bars de Pigalle, pas vrai, mon père ?

Le prêtre se força à sourire.

– C'est ça, faites de l'humour.

– L'humour, c'est tout ce qui nous reste, mon père.

– Vous avez bien raison. L'humour et un petit reste de foi. Enfin j'espère.

Gérard disparut dans sa sacristie avant de ressortir la tête dans le couloir.

— Sérieusement, mon père, vous vous êtes trompé d'horaire. Je viens de regarder le planning, vous n'avez rien de prévu avant la messe de midi. Et cet après-midi les confessions à partir de quatorze heures.
— J'attendrai. J'irai prier. À défaut, j'irai faire de l'humour.
— Vous feriez mieux d'aller voir un médecin. En attendant vous prendrez bien un petit café ?

Kern suivit Gérard dans la sacristie. Tandis que le liquide coulait dans les gobelets, ils entendirent un cliquetis de clés dans le couloir, rythmé par un pas lourd qu'ils identifièrent rapidement.

— Ça sent le kawa, ici !
— Salut, Mourad. Viens donc te prendre un petit jus. Le père Kern est là aussi.

La haute silhouette du surveillant apparut dans l'embrasure.

— Oh là, mon père ! Vous avez joué au rugby hier soir ou quoi ?
— Bonjour, Mourad. C'est vous qui faites l'ouverture ce matin ?
— La boutique est ouverte, mon père.

Mourad alla suspendre les clés de la cathédrale au clou fiché dans le lambris. Il rejoignit le prêtre et le sacristain autour de la machine à café. Ils burent un moment en silence avant que Kern, qui n'avait pas quitté le trousseau des yeux, ne reprenne la parole.

— Les clés, Gérard, elles ouvrent toutes les portes de la cathédrale ?
— Je veux, oui, qu'elles ouvrent toutes les portes. Il doit bien peser trois kilos, ce trousseau.
— Y compris les portes qu'on n'utilise que très rarement, ou même jamais ? Y compris, mettons, la petite porte du chevet qui donne dans le jardin derrière ?

— Ces clés ouvrent absolument toutes les portes de la cathédrale, mon père, y compris celles de la crypte, du déambulatoire, des caves, de la toiture et que sais-je encore.

— Et le trousseau reste ici toute la journée ?

— Dans la sacristie ? Oui, bien sûr. Personne n'irait s'amuser à se balader avec un pareil engin à la ceinture.

— Il reste ici tous les jours ?

— Tous les jours que Dieu fait, mon père. Le surveillant de service le pend au clou après l'ouverture de huit heures, comme Mourad vient de le faire. Il y reste jusqu'au moment de la fermeture à vingt heures.

— Et ensuite ?

— Ensuite ? Le surveillant transmet les clés au gardien, qui les conserve chez lui jusqu'au lendemain matin. Et c'est comme ça tous les jours de l'année.

— Et les soirs de projection ? Quand la cathédrale rouvre après vingt heures ?

— Moi je pars à vingt heures, mon père. Ce qui se passe ensuite, je n'en sais fichtre rien. À cette heure-là je casse déjà la croûte chez moi.

Mourad, qui s'était jusque-là contenté de remuer le sucre dans son café, prit le relais.

— Les soirs de projection, mon père, les clés font un aller-retour supplémentaire. On rouvre la cathédrale à vingt et une heures trente et on la referme pour de bon à vingt-deux heures trente, quand tout le monde est sorti, après la fin du film.

— De sorte que, pendant toute la projection, le trousseau reste accroché à son clou, ici dans la sacristie, et que n'importe qui peut y avoir accès.

— Pas n'importe qui. Pendant la projection du soir, tout l'arrière de la cathédrale est fermé : le déambulatoire, le trésor, la sacristie. Il n'y a que la nef qui reste ouverte au public.

– Mourad, je vais vous poser une question très claire : qui avait accès à ce fichu trousseau pendant la projection de *Réjouis-toi Marie* dimanche dernier ?

Mourad prit le temps de réfléchir.

– Dimanche dernier ? Le soir du meurtre de cette fille ?

Il but une gorgée de café supplémentaire.

– Je ne vois qu'une seule personne, mon père.

– Qui ça ?

– Moi.

Kern eut un geste d'agacement auquel Mourad réagit aussitôt.

– Il y a un problème ? C'est encore cette histoire de ronde que j'aurais soi-disant oublié de faire, mon père ?

– Mais non, Mourad, mais non.

– Vous allez voir qu'on va bientôt m'accuser d'avoir tué la fille de l'autre soir.

– Personne ne vous accusera de rien, Mourad. La Justice a clos son enquête. Le recteur a renoncé à vous faire passer un entretien disciplinaire. Quant à moi je vous sais innocent sur toute la ligne.

Le surveillant restait méfiant.

– Vous êtes sûr, mon père ? Vous n'allez pas commencer à vous faire des idées vous aussi ?

– Je suis sûr, Mourad. Je sais que vous n'êtes pour rien dans ce sordide assassinat et je sais que vous n'avez commis aucune faute professionnelle. Je le sais pour une raison très simple.

– Et je peux vous demander laquelle, mon père ?

Kern hésita un instant.

– Je vous sais innocent, Mourad, parce que vous n'êtes pas prêtre.

*
* *

Gombrowicz se laissait bercer par le doux murmure de la messe. Il n'avait pas pris place dans le chœur où se tenait l'office de huit heures mais dans la nef, face à la Vierge au pilier. La voix du prêtre lui parvenait lointaine et doublée d'un léger écho, et les prières monotones de la poignée de lève-tôt rassemblés autour de l'officiant l'entouraient comme un nuage ouaté. La cathédrale était on ne peut plus calme.

Il bâilla et pensa avec nostalgie à son lit qu'il avait dû quitter de bonne heure pour être à Notre-Dame dès l'ouverture. Que faisait-il là au juste ? Cette affaire était-elle toujours de son ressort ? Après tout, le 36 l'avait mis en congé forcé après la mort du jeune Thibault deux jours plus tôt. Était-ce une mesure de protection ou de mise à l'écart ? On l'avait interrogé, il avait rendu son rapport, puis il était rentré chez lui, encore choqué par la chute de l'ange blond, un peu hagard, tandis que l'IGS gardait Landard au chaud pour mieux le cuisiner sur les conditions dans lesquelles il menait ses interrogatoires.

La veille, il n'avait pu s'empêcher de sortir, se rendre à l'enterrement de la madone de Notre-Dame. Assister à la cérémonie, observer de loin, rester à l'écart, voir qui s'y trouvait. Filer ce petit curé qui paraissait s'intéresser aux sites pornos autant qu'à la Vierge Marie. Maintenant il n'avait plus le choix, il devait suivre cet instinct qui l'avait poussé à reprendre l'enquête là où son supérieur hiérarchique, Landard pour ne pas le nommer, l'avait laissée : le suicide d'un suspect et le classement sans suite de toute l'affaire.

Il se perdit dans la contemplation de la statue qui lui faisait face. Sa robe était d'une blancheur un peu sale et l'Enfant Jésus, que sa mère portait sur son bras gauche, affichait une figure trop adulte, trop sérieuse, trop potelée aussi, qui mettait Gombrowicz mal à l'aise. Pourtant le jeune officier ne pouvait s'empêcher de trouver Marie belle. Cela tenait essentiellement à son visage, sur lequel il finit par se concentrer, dont la bouche toute petite, le nez fin, les grands yeux en amande et les sourcils très haut placés laissaient une impression d'absence, de mélancolie, de douleur aussi, comme si cette Vierge-là avait aspiré à un ailleurs. Qu'avait-elle bien pu voir pour détourner ainsi le regard ? Que n'osait-elle avouer qui lui pesait sur la conscience ? Qu'avait-on fait dans sa maison qu'elle ne pouvait décemment confier à un policier ?

Il sortit de sa rêverie en entendant toussoter à côté de lui. Une femme d'au moins soixante-dix ans s'était assise sur la chaise voisine. Elle l'observait par intermittence, à la dérobée, le fixant de ses yeux écarquillés et angoissés, puis tournant soudain la tête ailleurs, comme soumise à une dangereuse menace que Gombrowicz ne parvenait pas à identifier. Elle portait sur la tête un chapeau de paille déchiré, sur lequel elle avait fixé, avec des épingles à nourrice plus ou moins rouillées, un amas de fleurs rouges en plastique. Le policier pensa aussitôt qu'il était tombé sur une folle. La journée s'annonçait longue. Il s'apprêtait à se lever pour changer de place lorsqu'elle le retint par le bras. Elle le fixa intensément, puis son visage s'illumina d'un sourire auquel manquaient quelques dents. Puis, aussi vite qu'il était venu, le sourire disparut et la femme se mit à parler dans un murmure à peine audible qui dura une éternité, qu'elle n'interrompit guère que pour avaler de temps en temps sa salive et reprendre un peu d'air. Il fallait bien l'avouer : madame Pipi avait beaucoup à raconter.

*
* *

— Sacristain pour surveillant, sacristain pour surveillant... Mourad, tu m'entends ?...
— Oui, Gérard, j'écoute.
— Où es-tu, là ?
— Au niveau de l'entrée.
— Tu peux venir me voir, s'il te plaît ?
— Pour quoi faire, Gérard ?
— Saurais-tu faire marcher la régie ?
— Répète voir. Ici il y a du bruit.
— Est-ce que tu saurais faire marcher la régie ?
— La régie ? Pour quoi faire, Gérard ?
— C'est le père Kern qui me demande. Il voudrait revoir les images de la messe de dimanche soir. Tu saurais les retrouver sur les ordinateurs ?
— Dis au père Kern que j'arrive. Je fais taire les Chinois derrière moi et puis je le rejoins là-bas.

Ils se retrouvèrent à l'entrée du déambulatoire et gravirent ensemble la dizaine de marches qui menaient à la régie. Mourad s'assit aux commandes du dispositif et lança les ordinateurs, les écrans et la console de montage tandis que le père Kern s'installait à ses côtés. Depuis cet entresol au-dessus de la sacristie, il était possible de commander toutes les caméras automatiques disséminées dans la nef et de diffuser en direct les messes du dimanche soir. L'office de l'Assomption n'avait pas fait exception à la règle et Mourad, qui pilotait le système avec aisance, ouvrit le fichier correspondant.

Le père Kern le regardait faire, émerveillé comme un enfant, silhouette malingre et rachitique dont les pieds touchaient à peine le sol sous la chaise à roulettes.

— Un jour il faudra que vous m'expliquiez, Mourad, d'où vous vient cette virtuosité avec tout ce qui ressemble de près ou de loin à un ordinateur.

— Ça m'a toujours intéressé. Vous savez, mon père, il faut juste ne pas se laisser impressionner. Ces machines, c'est comme des gros jouets, il ne faut pas avoir peur d'essayer. Au pire on éteint tout et on recommence. Des fois, je rends quelques services, des réparations d'urgence au moment des grandes messes. Les caméras automatiques peuvent rester bloquées dans les boîtiers en bois. Je démonte, je remonte. Je regarde si quelque chose est débranché. J'aime bien tous ces trucs-là, vous voyez. L'autre jour j'ai même servi de technicien à la police. C'est grâce aux caméras qu'on a pu serrer ce pauvre gosse.

— Je sais, Mourad.

— C'est bien la messe de dimanche soir que vous voulez revoir, mon père ?

— C'est ça.

— Pourtant vous y étiez, non ?

— J'y étais. Seulement mes yeux et ma mémoire ne remplaceront jamais les objectifs de toutes ces caméras disposées dans la nef. Elles ont pu voir quelque chose qui m'aurait échappé.

— Dites-moi, mon père, vous ne seriez pas en train de vous recycler dans la police ?

— La police ? Seigneur, non. Simplement la justice m'intéresse. C'est comme vous avec les ordinateurs. Il ne faut pas avoir peur d'essayer. À nous deux, Mourad, nous faisons la paire.

Le surveillant avait lancé la longue séquence diffusée en direct cinq jours plus tôt sur la chaîne catholique KTO.

– Qu'est-ce que vous cherchez exactement, mon père ?

– Je vous le dirai quand je l'aurai trouvé. D'ici là je n'en ai pas la moindre idée.

Sur l'écran, la grande procession de début de messe quittait le parvis pour pénétrer dans la cathédrale pleine à craquer. Les grandes orgues de Notre-Dame grondaient comme le tonnerre tandis que la maîtrise donnait de la voix depuis le chœur. Dans l'allée centrale, un chapelet d'adolescents brandissant des bannières brodées précédait la statue en argent de la Vierge portée par les chevaliers du Saint-Sépulcre. Ensuite venait la longue cohorte des prêtres de Notre-Dame. La procession rejoignit le podium et les quinze religieux se répartirent dans la croisée du transept, au pied des trois marches, tandis que l'évêque auxiliaire de Paris, en l'absence du cardinal-archevêque, entamait devant l'autel une litanie de quatre *Je vous salue Marie*. Monseigneur Rieux Le Molay convoqua la mémoire des souverains de France : « Face à la statue de la Pietà voulue par le roi Louis XIII, nous renouvelons le vœu de consécration de la France à la Vierge, vœu prononcé par ce même roi le 10 février 1638. Nous avons déclaré et déclarons que, prenant la très sainte et glorieuse Vierge pour protectrice spéciale de notre royaume, nous lui consacrons notre personne, notre État, notre couronne et nos sujets, la suppliant de nous vouloir inspirer une sainte conduite et défendre avec tant de soins le royaume contre l'effort de ses ennemis. »

Le père Kern s'agitait sur sa chaise. Parfois les caméras se désintéressaient de l'autel pour balayer la foule extrêmement dense des fidèles. Kern scrutait l'écran et fouillait à nouveau ses souvenirs, pensant faire resurgir à la vue des images quelques furtives sensations enregistrées ce soir-là durant la messe puis remisées au fond de sa mémoire. Mais rien ne venait, rien qui fût en rapport avec l'assassinat qui, quelques heures plus tard, entacherait la cathédrale.

Sur le moniteur, le recteur monseigneur de Bracy vint lire l'Apocalypse de saint Jean. Il y était question d'une femme ayant le soleil pour manteau, la lune sous les pieds, et sur la tête une couronne de douze étoiles, enceinte et torturée par les douleurs de l'enfantement. Un dragon rouge feu, avec sept têtes et dix cornes, tentait de lui retirer son enfant dès la naissance afin de le dévorer. Or la femme parvenait finalement à accoucher, mettant au monde un enfant mâle qui devait devenir le berger de toutes les nations, les menant avec un sceptre de fer.

On lut une lettre de saint Paul apôtre aux Corinthiens, puis l'évêque auxiliaire monta au pupitre y lire un extrait de l'évangile selon saint Luc qui mettait en scène Élisabeth et Marie. Puis l'on passa à l'homélie. Le prélat encouragea ses ouailles à ne pas laisser fléchir leur ferveur et à suivre Marie dans leur lutte intérieure contre le monde moderne.

Le père Kern s'agitait davantage. Vers la fin du sermon, la caméra balaya l'assistance et Mourad pointa son doigt vers un coin de l'écran.

– Regardez, mon père, la voilà. La fille en blanc assise au premier rang, sur le côté, avec les jambes croisées. Vous la reconnaissez ?

– C'est bien elle, oui. Je me souviens l'avoir repérée ce soir-là. Je crois que tous autant que nous étions à nous succéder sur le podium nous avons dû lui jeter un coup d'œil. Nous nous souvenions de l'incident de l'après-midi, bien entendu. Je me suis étonné de la voir encore là, puis je me suis de nouveau laissé absorber par la messe.

Sur l'écran, on se dirigeait lentement vers le sacrement de l'Eucharistie. Les prêtres s'étaient regroupés autour de leur évêque, autour de l'autel de bronze sur lequel avaient été posés le calice et autant de ciboires qu'il y aurait de prêtres distribuant la communion. Monseigneur Rieux Le Molay éleva les mains et dit : « Prions ensemble au moment d'offrir le sacrifice de toute l'Église. »

Mourad commençait à s'impatienter. Ce jour-là, il avait assisté à cinq messes en sa qualité de surveillant. Cette célébration solennelle de l'Assomption, il l'avait lui aussi déjà vécue. Il se voyait d'ailleurs par intermittence sur les images, debout dans le transept sud, veillant au silence, dissuadant les touristes d'utiliser leurs flashs, un œil en permanence sur le podium dans le cas peu probable où un déséquilibré viendrait à s'attaquer au prélat qui présidait la messe.

Enfin le cercle de prêtres autour de l'évêque se rompit. Une partie d'entre eux, dont le père Kern, s'éloignèrent dans la nef, chacun tenant un ciboire plein d'hosties dans la main gauche pour y distribuer la communion aux fidèles massés dans le fond, tandis que les autres descendaient sur la première marche du podium, laissant s'approcher les croyants des premiers rangs. Mourad se vit à l'écran les organiser en autant de colonnes qu'il y avait d'officiants disponibles. Monseigneur Rieux Le Molay s'était placé au centre de l'alignement, quatre prêtres sur sa gauche et cinq sur sa droite, dont le recteur monseigneur de Bracy. La distribution avait débuté. Chaque célébrant levait l'hostie en l'air puis la présentait au fidèle face à lui.

Le père Kern devinait sur leurs lèvres ces mots, comme répétés à l'infini, qu'il avait lui-même prononcés tant de fois dans sa vie : « Le corps du Christ... Le corps du Christ... Le corps du Christ... »

Les caméras filmaient le sacrement sous tous les plans, tantôt larges et tantôt rapprochés, tantôt de profil et tantôt de face. Les rangs de chaises se vidaient progressivement puis se regarnissaient au rythme des passages devant le podium.

– Elle n'a pas l'air de vouloir aller communier, mon père.

– En effet, Mourad. Elle ne s'est pas encore levée.

Les colonnes de fidèles se disloquaient déjà. Sur certains plans on devinait les prêtres partis dans le fond de la nef revenir vers le chœur. La messe touchait à sa fin. Enfin elle se leva, dans son ensemble blanc qui semblait attirer la lumière, et elle franchit les quelques pas qui la séparaient des marches. Les plans se succédaient à un rythme rapide et Kern désespéra soudain qu'au moment fatidique une caméra périphérique fût choisie, se fixant au pire moment sur la Pietà, le vitrail nord ou le grand orgue.

– Pourvu que nous la voyions communier. À votre avis, Mourad, quel prêtre va-t-elle choisir ?

Comme par miracle, le plan sur les derniers communiants semblait vouloir se prolonger. Kern s'approcha du bord extrême de sa chaise. De là où il était, les visages sur l'écran semblaient faits de pixels ocre et roses. La jeune femme vêtue de blanc fit son choix et se présenta au pied du podium. Ses lèvres remuèrent, puis celles du prêtre auquel elle faisait face. Puis celui-ci lui plaça l'hostie sur le bord de la langue.

Kern se cala de nouveau dans le fond du fauteuil et, pour la première fois depuis bientôt une heure, détourna son regard du moniteur. Il posa sa main sur le bras du surveillant et ne parla qu'au bout d'un assez long silence.

– Je vous remercie beaucoup, Mourad. Merci pour votre temps.

– Vous ne voulez pas regarder la fin, mon père ?

– Vous pouvez éteindre cette machine, Mourad. J'ai vu ce que j'avais à voir.

*
* *

Le mulet les observe entrer dans le village avec indifférence, comme blasé, habitué à la présence récurrente d'hommes armés en tenue léopard, communiquant par signes ou par murmures. Ils progressent entre les murs de terre, prudents, vigilants, le pistolet-mitrailleur pointé en avant. Ils passent la tête à l'intérieur des mechtas, inspectent du regard l'intérieur, le canon du PM suivant précisément le mouvement de leurs yeux, comme si leur arme était devenue, bien plus qu'un prolongement métallique de leurs bras, part intégrante de leur corps. Pour le moment ils n'ont inspecté que des gourbis vides de tout, de meubles, de nourriture, de vêtements et de gens. Pour le moment ils n'ont pas trouvé âme qui vive dans le village, mis à part le mulet du début.

Le sergent l'a pris par la bride et le tire derrière lui. Dans un premier temps, l'animal a refusé d'avancer, ne reconnaissant pas son maître, opposant au sous-officier qui souhaite l'entraîner vers le bas du village l'entêtement et la méfiance propres à sa race. Aussi le sergent a-t-il dû lui flatter l'encolure avant que la bête ne se décide à le suivre de son pas lourd et arythmique. Comme pour les armes et le matériel, le sergent, issu d'une famille d'éleveurs, a le respect, peut-être même l'amour des bêtes.

Maintenant le sergent marche à la tête de ses hommes, le mulet à sa gauche et le sous-lieutenant à sa droite, sorte d'empereur de pacotille pénétrant en terrain conquis à la recherche de son premier sujet à asservir. C'est au détour de la sixième mechta, alors que le chemin suit un léger renfoncement dans le terrain, qu'ils trouvent le vieillard assis sur ses talons, un peu à l'écart, à l'ombre d'un mur, cherchant déjà à se protéger du soleil pourtant bas à l'horizon. Le sergent fait signe au reste du stick de stopper, observe le vieillard en plissant les yeux, envoie quatre soldats inspecter les deux dernières maisons.

Le sergent s'avance vers le grand-père et, tandis que celui-ci se lève à l'approche du militaire, lui met la bride en main.

– Elle est à toi cette mule ?

Le vieil homme fait mine de ne pas comprendre. Le sergent se tourne vers l'un des harkis du stick qui traduit aussitôt. L'autre hésite à répondre puis finit par acquiescer.

– La mule elle est à toi.

Le vieillard hoche la tête pour confirmer.

– Et la fille, là-bas dedans, elle est à toi aussi ? C'est qui cette fille ? Ta fille ? Ta petite-fille ?

Le sous-lieutenant suit du regard le geste que son sergent vient d'esquisser vers la maison la plus proche. À mesure que les minutes passent, le soleil se fait de plus en plus aveuglant. Il repeint les murs en torchis d'une lumière dorée, plongeant par contraste l'intérieur des gourbis dans le noir. Le sous-lieutenant franchit la distance qui le sépare de l'ouverture, plonge son regard à l'intérieur, laisse ses yeux s'accoutumer à la pénombre. Il distingue les contours d'une robe blanche à motifs, peut-être des fleurs, deux pieds nus sur le sol de terre, une chevelure enfouie dans un foulard passé derrière la nuque et noué sur le front, duquel s'échappent quelques mèches noires. La fille est accroupie, son visage relevé vers la silhouette de l'officier qui se découpe dans l'embrasure. Elle a les mains au-dessus d'un plat posé à même le sol. Ses doigts sont encore imprégnés de la pâte de semoule qu'elle vient de malaxer. La petite pièce sans fenêtre sent l'huile d'olive et la sueur.

Comment le sergent a-t-il pu la voir ? Tout à l'heure, tandis qu'il s'approchait du vieillard, il n'a jeté qu'un vague coup d'œil à la maison par-dessus l'encolure de la mule.

– Elle fait bien la cuisine, ta petite-fille ? Elle fait bien les galettes ? Elle fait bien l'arhlum ? Elle en prépare pour tous les hommes ?

Le vieux acquiesce.

– Vous êtes d'ici, tous les deux ? Vous êtes du village ? C'est ta maison ici ? C'est ta maison, grand-père ?

Le vieillard acquiesce.

– Tu sais que ce village est interdit ? Tu sais que tu n'as pas le droit d'être ici ? Zone interdite ici, tu sais ça ? Il faut rentrer au camp de regroupement, tu comprends ça ?

Le vieillard acquiesce.

– C'est pas grave, va. T'as une bonne tête, pépé. Et puis t'as une bonne mule. T'as une bonne mule, pas vrai pépé ? Elle travaille bien, ta mule ?

Le vieillard acquiesce encore.

– Elle porte bien ?... Qu'est-ce qu'elle a porté, cette

bonne mule, récemment ? Par exemple, cette nuit, tiens, qu'est-ce qu'elle a porté cette nuit, cette bonne mule ?

Le vieillard se tait maintenant.

– Elle aurait pas porté des sacs de nourriture, par hasard ? Hein, grand-père ? Et puis peut-être une ou deux caisses de munitions aussi ?

Les quatre soldats envoyés en aval par le sergent sont remontés maintenant. Ils n'ont rien trouvé dans les mechtas d'en bas.

– Tu comprends, grand-père, une mule, ça sert à porter des affaires. Et moi j'aimerais bien savoir ce que ta mule, ta petite-fille et toi vous foutez là, à part ravitailler les fellaghas.

Le vieil homme se tait. La peau de son visage a pris l'aspect de la terre. Là-bas près de la maison, le sous-lieutenant vient d'allumer une cigarette. Il en tire une bouffée puis la laisse se consumer à l'air, dans une attitude qui lui est familière, le rouleau de tabac entre le pouce et l'index, le poignet posé sur la crosse de son pistolet automatique MAC50 qu'il porte à la ceinture. Son regard se perd. De là où il se trouve, il peut voir le lever de soleil sur une partie des reliefs tourmentés du djebel. Les couleurs ravivées par la lumière du jour. Inhaler les premières senteurs aussi, jusque-là neutralisées par la fraîcheur de la nuit.

Il ne voit pas le sergent faire, il ne le voit pas tourner le canon de son arme. Il ne revient au village, au vieux, au stick de chasse qu'au moment du coup de feu. La détonation déchire soudain l'air et résonne en écho sur les pentes alentour. Le temps de tourner la tête et la mule s'effondre déjà. Les pattes antérieures ont cédé en premier. L'espace d'un court instant elle semble prier, stupidement, à genoux, implorant un coup de grâce qui ne vient pas. Puis ce sont les pattes arrière qui se mettent à trembler et s'affaissent. Ensuite, lentement, presque au ralenti, le gros corps roule sur sa panse et bascule sur le côté. Quelques spasmes lui agitent les sabots puis le mulet s'immobilise tout à fait.

Le vieil homme n'a pas bougé, son regard fixé sur les bottes du sergent. Il les observe avec une curieuse intensité, comme s'il se posait une question à leur sujet, visiblement incapable de détourner les yeux du cuir noir qui, malgré la nuit passée à crapahuter, malgré la marche dans les ruisseaux, malgré la poussière accumulée, paraît ciré comme avant l'inspection.

Le sous-lieutenant a quitté la mechta contre laquelle il était adossé. Il redescend jusqu'au voisinage du sergent, jette sa cigarette, tente d'organiser ses pensées avant de parler, faire preuve d'autorité. Il peine à reconnaître cette voix qui s'échappe de sa bouche, curieusement haut perchée, comme étrangère. Il trouve son corps soudain trop grand, trop gourd, maladroit comme celui d'un adolescent.

– Sergent, était-ce bien nécessaire ?

Le sergent ne prend pas même la peine de se tourner vers son supérieur. Il semble plutôt rechercher le regard du grand-père kabyle qui persiste pourtant à lui fixer les bottes.

– C'est l'heure de passer de la théorie à la pratique, lieutenant. Un genre de formation accélérée. Un cours que vous n'avez certainement pas suivi à l'école d'officiers. Je vous encourage à bien ouvrir les yeux, à bien tout retenir, et surtout je vous demande de me laisser faire. Vous comprenez, lieutenant ? Je vous offre une occasion unique d'apprendre à faire la guerre.

Puis, d'un simple mouvement du menton, il lance ses dix parachutistes à l'intérieur, là où se trouve encore la petite-fille du grand-père, accroupie sur la dalle de terre, dans sa robe blanche à fleurs.

*
* *

Midi. Maintenant c'était à lui de dire la messe. Et il ne savait guère par où commencer. S'habiller bien sûr, avec l'aide de Gérard. Passer l'étole de coton vert tressée de fils d'or, refermer la porte de l'armoire, marcher dans le couloir de la sacristie, passer la lourde porte de bois qui ouvre sur le déambulatoire, franchir le rideau de touristes tournant sans fin sur le dallage comme des voitures sur un circuit, accéder au podium, s'incliner devant l'autel, attendre que l'orgue de chœur ait fini, se tourner vers le groupe parsemé des fidèles assis sur les chaises des premiers rangs – en semaine la messe de midi ne fait jamais recette –, faire le signe de croix et dire enfin, la tête emplie de doutes, de peur et de colère : « Au nom du Père et du Fils et du Saint-Esprit. »

Il fit les gestes sacrés. Il lut l'Évangile. Il donna l'Eucharistie. Quel sens tout cela avait-il, sinon celui d'une vaste mascarade dont il faisait lui-même partie, maintenant qu'il savait, maintenant qu'il était au courant ? Et que fallait-il faire ? À qui pouvait-il se confier ? À Dieu, bien sûr, dont il essayait de sentir la présence au fond de lui et dans la cathédrale. Jamais peut-être il n'avait tant senti le combat intérieur entre… entre quoi, au juste ? Était-ce le bien contre le mal ? La justice contre le mensonge ? Que fallait-il faire, ou dire, pour servir la vérité et pour servir le Seigneur ? S'il parlait, s'il livrait à quiconque le secret aux contours encore flous dont il était désormais le détenteur, ses paroles auraient des conséquences imprévisibles, dangereuses, terriblement destructrices. Ne valait-il pas mieux se taire ? Se mettre enfin à l'unisson de cette gigantesque église qui, cinq jours à peine après un meurtre des plus sordides entre ses murs, avait replongé comme si de rien n'était dans le train-train des habitudes, dans le brouhaha des touristes, l'odeur de l'encens et le murmure des prières ?

Déjà la messe s'achevait. Il l'avait traversée de part en part, absent, transparent, l'esprit ailleurs. Comme à chaque fois, il se tourna vers le pilier qui supportait la statue de la Vierge blanche et il entama le *Salve Regina* accompagné de l'orgue de chœur. Que se passa-t-il au fond de lui, tandis qu'il fixait le visage admirablement pur de cette madone de pierre ? Il ne sut jamais tout à fait le dire, ni se l'expliquer, ni le soir même ni plus tard. Il comprit simplement, le temps d'une prière, que le combat s'était déplacé ailleurs, en dehors de lui, en dehors de son corps. Il comprit qu'au fond il n'était pas seul à porter ce terrible secret, et aussitôt il se sentit libre d'agir.

La dernière note n'avait pas encore fini de résonner qu'il quitta le podium en passant au plus court, par le chœur, et s'engouffra dans le couloir de la sacristie. Au bout de ce couloir il y avait le téléphone démodé, fiché au mur, dont il saisit le combiné. Encore vêtu de ses habits de messe, il composa le numéro qu'il connaissait par cœur pour l'avoir composé à de multiples reprises moins de quarante-huit heures auparavant. Il eut la tonalité. À l'autre bout le téléphone sonnait. Juste à côté, dans la sacristie qui sentait la cire, Gérard vidait l'encensoir des cendres encore tièdes de la messe. Le sacristain entendit le prêtre parler à voix basse dans le couloir.

– Le père Kern à l'appareil. Il faut que je vous voie. C'est très urgent… Non, je ne peux pas parler au téléphone, pas ici. Vous pouvez venir à Notre-Dame ?… Quand ?… Faites au plus vite, je vous attends.

*
* *

C'était comme de vivre dans une chambre capitonnée dont le matelassage se serait épaissi au fil des jours, des mois, des années. Malgré les hurlements réguliers dans les couloirs. Malgré les clameurs remontant depuis les deux cours de promenade par la fenêtre munie de barres en béton anti-effraction. Malgré le son des téléviseurs qui diffusaient nuit et jour films pornos ou films d'action. Malgré le bruit, chaque matin entre dix et onze heures, des coups de poing dans le cuir du sac pendu au plafond de la salle de boxe, un bruit mat qui, à chaque fois qu'il se déclenchait, faisait du bien au corps et à la tête. Malgré tous les incessants bruits de la prison, le silence était de plus en plus assourdissant dans la tête de Djibril.

Sa dernière véritable conversation remontait à la veille, avec ce petit prêtre mué en enquêteur qui confondait sa foi et son incorrigible besoin de justice. Toute la nuit il avait repensé à l'affaire, à cette fille assassinée, entourée de mystère, tournant dans tous les sens les éléments du dossier que le père Kern lui avait laissé lire. Le temps d'une nuit il s'était évadé, échappant au rythme immuable des rondes de surveillants qui, toutes les heures et demie, passaient dans le couloir et faisaient coulisser l'œilleton de la porte blindée dans le cadre du dispositif anti-suicide.

En soi ce n'était pas grand-chose. Un fait divers avec

lequel il n'avait rien à voir. Un truc auquel penser en se brossant les dents le soir. Pourtant toute cette histoire avait représenté, l'espace de quelques heures, un lien avec l'extérieur. Le seul qu'il lui restait. Au parloir de la centrale de Poissy, il n'y avait plus personne pour venir le voir, depuis longtemps déjà.

Les conseils qu'avait sollicités le petit prêtre avaient ouvert une brèche en plein milieu des murs de la prison. L'immuable défilement du temps avait subi un soubresaut, un accident. Et l'accident lui-même avait provoqué – il n'osait pas s'avouer le mot – un espoir. Maintenant il voulait savoir. Le petit prêtre avait-il trouvé la clé de l'affaire ? Avait-il fait sortir de l'ombre cette vérité qui lui était si chère ?

Assis sur son lit, Djibril saisit la télécommande de la télévision qu'il louait vingt-neuf euros par mois à l'administration pénitentiaire. Il passa de chaîne en chaîne, de journal de treize heures en journal de treize heures. Rien de nouveau. Deux alpinistes en perdition sur le mont Blanc sauvés grâce à leur téléphone portable. La page sportive, un nouveau joueur à l'Olympique de Marseille. La météo des plages. Soleil samedi et pluie dimanche. Du crime de Notre-Dame il n'était fait état nulle part.

Il éteignit le téléviseur et se leva pour presser le bouton de sa bouilloire. Une heure plus tard il était encore sur son lit, le verre rempli du liquide marronnasse désormais froid calé au creux de sa paluche. Il tourna la cuiller dans le café. L'égoutta sur le rebord du verre. En fourra l'extrémité dans sa bouche, entre la langue et le palais. Il pensa : « Ce café est éventé, ce café n'a plus aucune saveur. » Puis, lentement, il enfonça la cuiller dans sa gorge, introduisant ses doigts entre ses dents pour faire glisser la tige métallique vers le bas. Il sentit la cuiller descendre dans le larynx et celui-ci se contracta sous l'effet de la douleur. Il roula au pied du lit, son corps animé de violents soubresauts. Il saisit le pied du lit pour s'empêcher de remuer et de faire trop de bruit. Déjà l'air commençait à manquer dans ses poumons.

*
* *

Il s'était réfugié dans le bocal, porte fermée, en attendant. Mais très vite, la rangée de chaises à l'extérieur du confessionnal de verre s'était garnie de candidats à l'absolution. Une heure. C'était le temps qu'il lui faudrait attendre avant de pouvoir confier son terrible doute, faire à mi-voix cette confidence qui ne le délivrerait certainement de rien mais dont il pensait qu'elle irait dans le sens du bien. Il regarda sa montre. Plutôt que de rester à ne rien faire, ce qui finirait immanquablement par attirer l'attention, il décida, avant de passer lui-même à confesse, d'y faire passer les autres. Il faillit rire de ces péchés de pacotille, si dérisoires en regard de ce qu'il s'apprêtait à dire. Cette faute, qui n'était pas la sienne mais qu'il devait porter en lui, aurait suffi à emplir de noirceur la cathédrale entière.

Enfin, après avoir donné trois fois l'absolution, il le vit à travers la vitre s'avancer parmi les touristes, doubler les fidèles qui attendaient leur tour pour se décharger de leurs fautes. Il marchait d'un pas un peu plus lourd, un peu plus fatigué que d'habitude, mais il n'hésita pas au moment de tirer la porte de verre qui le séparait du petit confesseur. Il s'assit face à ce dernier, sortit un paquet de cigarettes neuf, en déchira la Cellophane, en alluma une sans prononcer le moindre mot tandis que le père Kern se raidissait, prit le temps de la fumer, du moins à moitié, tout en contemplant les vitraux vers lesquels s'élevait la fumée, puis il l'écrasa sur le bois de la table où se trouvaient, comme à chaque fois que le père Kern était de service à confesse, une bible et deux dictionnaires.

– Vous avez mené votre petite enquête, François, n'est-ce pas ?

– C'est vrai, monseigneur. Qui vous l'a dit ?

Le recteur baissa les yeux et regarda le dos de ses mains. Puis il tira de sous sa veste une radio, un modèle similaire à celui que portaient Gérard, Mourad et tous les autres surveillants à la ceinture. Il la posa sur la table.

– Certes la cathédrale a des yeux, François ; elle voit à travers son réseau de caméras automatiques qui filment les offices. Mais elle a aussi des oreilles. Je garde depuis toujours au presbytère un exemplaire de ce talkie-walkie. Les gens l'ignorent. J'entends les conversations et je sais tout ce qui se passe ici. En général ce sont des communications d'un intérêt douteux. Un surveillant en appelle un autre pour lui signaler le passage d'une jolie fille. Un sacristain signale une machine en panne, une affiche de concert dont la date est périmée. Tout cela est d'une tristesse, d'une monotonie à pleurer. Mais tout à l'heure, j'ai entendu dans l'appareil une demande pour le moins inhabituelle, une demande que se chargeait de relayer le sacristain de service : un prêtre demandait à un surveillant de lui montrer le fonctionnement de la régie... Alors j'ai compris. J'ai compris que vous vouliez fouiner dans le film de la messe, celle du dimanche de l'Assomption. Et j'ai su que vous, François, vous verriez ce que personne parmi les milliers de fidèles présents ce soir-là n'avait vu.

La radio se mit à crachoter. Gérard y sollicitait justement Mourad pour un problème de distributeur de médailles bloqué. Le recteur fronça les sourcils.

— Il faudra se décider à les faire réparer. Qui sait ce que ça nous coûtera encore ? Ces satanées machines sont totalement à bout de souffle.

Monseigneur de Bracy tourna le bouton du talkie-walkie. Les voix dans l'appareil diminuèrent de volume puis cessèrent tout à fait.

— Je crois que nous pouvons l'éteindre, maintenant. Nous n'en aurons plus besoin avant un petit moment.

Le vieil homme demeura silencieux, comme en écho à la radio qu'il venait de faire taire.

— Entendrez-vous ma confession, François ? D'un vieux prêtre à un autre. Et aussi, je l'espère, d'un ami à un autre. Depuis combien d'années nous voyons-nous chaque été ? Entendrez-vous ce que je dois vous dire ?

Le père Kern acquiesça d'un signe de tête. Monseigneur de Bracy émit un long soupir, comme épuisé par avance de la confession qu'il s'apprêtait à faire.

— Je confesse à Dieu tout-puissant, je reconnais devant mes frères que j'ai péché en pensée, en parole, par action et par omission, oui j'ai vraiment péché...

Il parut sur le point de poursuivre, mais au dernier moment il hésita.

— Que savez-vous au juste, François ? Qu'avez-vous découvert exactement ?

Kern posa la main sur sa bible et prit le temps d'en caresser la tranche avec le pouce. Il s'en était douté en le voyant entrer dans le confessionnal, les confidences du recteur n'auraient de spontané que l'apparence. Le prélat aux abois était là pour sonder le petit prêtre et découvrir ce qu'il savait. De son côté, le père Kern avait conscience que le puzzle qu'il s'efforçait de reconstituer était encore très incomplet. Un duel débutait entre les deux hommes de Dieu. C'était à qui confesserait l'autre le premier.

— Je sais, monseigneur, que vous avez parlé à Luna Hamache dimanche dernier pendant la messe. Vous lui avez dit quelque chose au pied du podium, le ciboire à la main, et ces mots sortis de votre bouche n'étaient pas « le corps du Christ ». Elle vous a répondu avant de prendre l'hostie entre ses lèvres, et ce n'était pas non plus pour dire « amen ».

— Vous avez vu cela sur la vidéo de KTO ?

— C'est exact, monseigneur.

— Nous avons échangé quelques mots, je le reconnais bien volontiers. N'avais-je pas le droit de m'enquérir de sa santé ? Cette fille s'était fait agresser par un illuminé deux heures plus tôt. N'était-il pas de mon devoir...

— C'est faux, monseigneur. Vous lui avez parlé pour lui donner rendez-vous quelque part.

Les yeux du recteur s'agitèrent, comme s'il cherchait au fond de lui-même une échappatoire.

— Comment ? Qu'en savez-vous ?

Kern eut une légère hésitation en repensant à la nuit précédente, au péché de chair dont il s'était rendu coupable, prix d'or à payer pour obtenir ces quelques bribes d'information dont il ne savait exactement que faire. Il pensa à la peau de Nadia, à son parfum, aux larmes qu'il avait versées sur son corps. Qui était-il pour juger cet autre prêtre qui se tenait face à lui ? Qui était-il face à ce vieillard qui avait offert sa vie entière à Dieu et à l'Église ? N'avait-il pas, d'une certaine manière, cédé lui aussi à la tentation d'un corps de femme ? Puis il pensa à Luna. Il revit son cadavre allongé sur le dallage de la cathédrale. Il pensa à l'enterrement de la jeune femme, à son cercueil déposé dans le fond du caveau, au regard hagard de son père, et aussitôt il replongea ses yeux dans ceux du recteur.

— Luna Hamache n'était pas qu'une simple étudiante. C'était aussi une prostituée occasionnelle qui recevait ses clients d'âge mûr dans un appartement de la rue Blanche, un studio que lui prêtait une camarade de fac, elle aussi prostituée à ses heures. Vous étiez l'un de ses clients réguliers, monseigneur.

Bracy s'était figé sur sa chaise.

— Moi ? C'est absurde. Qui vous a raconté ?...

— Nadia, son amie, sa complice, elle m'a tout dit hier soir. Elle le répétera à quiconque le lui demandera, y compris devant la Justice.

Un long silence suivit, et Kern eut tout à coup le sentiment d'avoir face à lui un réveil rouillé qui ne tournait plus rond. Il ne lui restait plus qu'à le démonter tout à fait, et pour y parvenir il était prêt à mentir de nouveau si cela s'avérait nécessaire.

— N'est-il pas temps de vous confier à Dieu, monseigneur ? De lui avouer vos fautes, vos doutes, vos peurs ?

Le recteur paraissait terriblement vieux maintenant. Ses rides semblaient s'être creusées autour des yeux et ses lèvres tremblaient légèrement. Jusqu'à son corps dont le port très digne, très droit, presque militaire, semblait s'amollir à mesure que le temps passait.

— J'ai gravement péché, François, je le reconnais. J'ai cédé à mes pulsions en allant voir cette fille, c'est vrai. Il se trouve que Luna correspondait à mes fantasmes les plus profonds, les plus enfouis, les plus refoulés aussi. Avec l'âge je me suis senti perdre la bataille intérieure contre le stupre et la luxure, la bataille de toute une vie.

– Que faisait Luna Hamache à la cathédrale dimanche ?

– Du chantage, François, du chantage. Il n'y a pas d'autre mot. Il y a dix jours, j'ai fait la bêtise de donner une interview. C'était le jour de cette scandaleuse attaque des extrémistes homosexuels contre les propos du Saint-Père. Vous vous rappelez, François ? Ils avaient essayé de tendre une bannière en pleine messe. Vous vous souvenez maintenant ? Évidemment ils avaient la complicité des caméras de télévision, ils étaient venus faire leur petite publicité. Bref, j'avais dû intervenir, me montrer dans les médias pour témoigner, donner notre version des faits. Mal m'en a pris. Le reportage est passé au journal du soir. Je suis apparu moins de dix secondes à l'antenne, avec mon nom et ma fonction en bas de l'écran, mais cela a suffi. Le mal était fait.

– Quel mal, monseigneur ?

– La fille, François, la fille, elle m'avait vu à la télévision. Bien sûr je ne lui avais rien dit de mon identité. Elle ne m'avait jamais rien demandé, d'ailleurs. Pour elle j'étais une sorte de grand-père, un retraité sans histoire comme elle en comptait sûrement d'autres parmi ses clients. Le lendemain de mon passage au journal télévisé, je l'ai vue dans la cathédrale, de bon matin, assise en face de la Vierge au pilier. Elle m'attendait pour me réclamer une forte somme. Elle avait besoin d'argent. Elle voulait décrocher de la prostitution. Elle menaçait de tout révéler, de tout dire à la presse. Vous imaginez le scandale pour la cathédrale ?

– Que lui avez-vous dit ?

– J'étais paniqué. Je l'ai renvoyée chez elle en lui disant de ne plus m'importuner. Je lui ai dit qu'elle ne disposait d'aucune preuve. Je l'ai menacée d'appeler la police.

– Et qu'a-t-elle répondu ?

– Rien. Elle m'a regardé et puis elle est partie. Je l'ai guettée le lendemain, puis le surlendemain, mais elle n'est pas revenue.

– Jusqu'à dimanche dernier.

– J'avais fini par me convaincre qu'elle avait renoncé. Quand je l'ai vue ce jour-là marcher en marge de la procession, vêtue de façon si voyante, si provocante, j'ai compris qu'elle était prête à tout. Qu'elle mettrait tôt ou tard ses menaces à exécution. Vous étiez là, vous l'avez vue aussi.

– Tout le monde l'a vue, monseigneur.

– Nous sommes d'accord. Elle n'était pas venue pour honorer la Vierge. Elle était là pour moi. Pour me faire chanter. Pour me nuire et, à travers moi, pour nuire à la cathédrale. J'ai demandé à Mourad de l'écarter du cortège mais il n'en a pas eu le temps.

– D'une certaine manière, le jeune Thibault s'en est chargé pour vous, n'est-ce pas ?

– J'y ai vu comme un signe. Il avait l'air d'un ange, vous comprenez, si pur, si pâle, si blond. Je l'ai entendu parler à cette fille, lui dire de prendre exemple sur la Vierge, d'aller se refaire une virginité. Je l'ai vu la saisir par les cheveux, la gifler, et j'ai pensé : merci Marie, tu ne m'as pas abandonné.

– Cependant Luna est revenue à la messe du soir.

– Au premier rang, oui. Ses jambes croisées si haut, de façon si provocante. Ne me dites pas que vous ne l'avez pas remarquée vous aussi. Tous les prêtres sur le podium l'ont reluquée. Ils l'ont tous fait à un moment ou à un autre de la messe. Elle ne m'a pas quitté des yeux de tout l'office. Elle a poussé le vice jusqu'à venir communier, elle, la catin. Elle, devant moi et devant le Seigneur. Et devant mon émoi elle n'a pas pu s'empêcher de sourire. Alors j'ai su. J'ai compris qu'il me faudrait agir.

– Agir, monseigneur ?

– C'est vrai, François, vous avez raison. C'est à ce moment-là que je lui ai donné rendez-vous, au moment de la communion. Je lui ai dit que j'avais son argent, que je souhaitais le lui remettre en toute discrétion, plus tard dans la soirée. Je lui ai donné le code de la grille rue du Cloître. Et puis…

– Et puis ?…

– Et puis je lui ai donné l'Eucharistie. J'ai mis l'hostie dans sa bouche. J'ai frôlé ses lèvres avec mes doigts. J'ai senti son parfum. J'ai regardé le creux de son cou. Voilà, c'est tout, François.

Monseigneur de Bracy baissa la tête et fit mine de se taire.

– Non, monseigneur, ce n'est pas tout. Il vous faut aussi confesser ce qu'il y a eu ensuite, ce qui s'est passé deux heures plus tard.

Le vieillard semblait fouiller dans sa mémoire, comme s'il ne comprenait pas au juste à quoi le père Kern faisait allusion.

– Vous avez attendu la fin de la messe, monseigneur, la fermeture de la cathédrale, le départ de l'évêque auxiliaire, le départ des autres prêtres et le départ du sacristain. Ensuite la cathédrale a de nouveau rouvert et la projection a démarré à l'intérieur. Cependant tout le fond de la cathédrale restait fermé au public. Vous étiez libre d'agir. Vous avez pris le trousseau de clés dans la sacristie et vous avez rejoint la petite porte qui donne sur le jardin, derrière le chevet. Luna s'y est présentée à l'heure convenue, n'est-ce pas ?

— Vers vingt-deux heures, oui. Je l'ai amenée dans la salle du trésor. Après la messe, la statue en argent de Marie y avait été remise en place. Les portes avaient été verrouillées et je savais que le surveillant ne passerait pas par là pendant sa ronde du soir. Personne ne risquait de nous y déranger.

— Et là ? Que s'est-il passé ?

— Un drame. Un sinistre accident.

— Mais encore ?

— Je lui ai dit que je n'avais pas l'argent. Qu'il lui faudrait attendre deux ou trois jours supplémentaires. J'improvisais, vous comprenez. Je ne savais pas où j'allais. Elle s'est mise à me menacer, à essayer de me frapper, elle s'est mise à hurler. Seigneur, François, je vous supplie de me croire, j'ai simplement tenté de la faire taire. De l'autre côté de l'écran, dans la nef de la cathédrale, il y avait des milliers de spectateurs, vous comprenez. J'ai plaqué mes mains sur sa bouche mais elle se débattait comme une possédée, elle avait le diable en elle. Alors j'ai serré un peu plus fort pour la faire taire, puis un peu plus fort encore, jusqu'à ce qu'elle tombe à mes pieds, inanimée. J'ai cru mourir. Je ne pouvais plus respirer. Je l'avais tuée, vous comprenez, mais qui croirait à l'accident ?

— Qui, en effet ?

— J'ai fui. J'ai paniqué. Je l'ai laissée là, dans la salle du trésor, au pied de la statue en argent de la Vierge Marie. Je suis remonté dans mes appartements, au presbytère. J'ai pleuré. Longuement. J'ai prié le Seigneur. Longuement aussi. Jusque tard dans la nuit. J'ai tenté d'y voir clair. Devais-je me dénoncer ? Avouer le terrible accident dont cette fille, après tout, portait une part de responsabilité ? Quel scandale pour la cathédrale… Imaginez, François, c'eût été la victoire des ennemis de la foi. Un coup terrible porté à Notre-Dame. Vous comprenez, François ?

– Je comprends très bien, monseigneur.

– Ce que j'ai fait ensuite, je n'en suis pas bien fier. J'ai repensé à l'incident de l'après-midi. J'ai repensé à l'ange blond, aux paroles sur la Vierge et la virginité qu'il avait hurlées à la face de cette fille. Alors au milieu de la nuit je suis redescendu. Je suis passé sans bruit par la loge du gardien. J'ai entendu ses ronflements. J'ai pris le trousseau de clés. J'ai quitté le presbytère et je suis retourné dans la salle du trésor. Elle était toujours là, elle n'avait pas bougé. Évidemment, il n'y avait pas moyen de se débarrasser du corps à l'extérieur. En plein été, sur les quais de Seine, sur le parvis, partout aux alentours, il y a des jeunes qui passent la nuit à discuter, à écouter leur maudite musique, à gratter leur guitare jusqu'à l'aurore. Jamais moyen de dormir. Ma seule chance, c'était de sacrifier le garçon blond. Lui faire porter la responsabilité de cette mort. Alors j'ai pris la fille inerte dans mes bras, j'ai porté son corps, je l'ai amené jusqu'à la chapelle Notre-Dame-des-Sept-Douleurs et là j'ai pris un cierge qui brûlait encore. J'ai relevé sa jupe et puis j'ai fait ce que j'avais à faire. Je lui ai rendu sa virginité à l'aide de quelques gouttes de cire. Finalement je l'ai assise sur un banc, face au soleil levant, et je l'ai laissée là en attendant l'ouverture.

– Et vous comptiez vous en sortir, monseigneur ?

Le recteur parut surpris.

– Mais je m'en suis sorti, François. La police n'y a vu que du feu. Quant à la Justice, il n'aura fallu qu'un coup de fil au ministre pour qu'il comprenne.

– Qu'il comprenne quoi, exactement ? Que lui avez-vous dit pour qu'il étouffe l'affaire si vite ?

— Pas grand-chose à vrai dire. Je l'ai appelé aussitôt le cadavre découvert. Lui et moi n'avons parlé qu'à demi-mot. Je lui ai fait comprendre que la priorité devait être de restaurer le calme autour de notre cathédrale. Trouver un coupable au plus vite. Il fallait éviter les vagues. Faire cesser l'agitation médiatique qui ne manquerait pas de suivre. Déjà les journalistes tournaient comme des vautours autour des tours de Notre-Dame.

— Vous ne lui avez rien dit de votre propre implication ?

— Pour quoi faire ? Bien sûr que non.

— C'est lui qui a fait mettre Claire Kauffmann sur l'affaire ?

— Une petite magistrate inexpérimentée, connue de surcroît pour ses problèmes relationnels avec les hommes. Elle a pris l'affaire comme une croisade personnelle. Ajoutez à cela un coup de chance : le commandant Landard était de permanence ce jour-là ; le pire flic de Paris... En moins de vingt-quatre heures ils tenaient leur suspect. Le lendemain il était mort. La petite catin n'avait pas été mise en terre que l'affaire était déjà classée.

— Et le ministre a contribué à provoquer une erreur judiciaire.

— Mais il l'a fait en toute bonne foi, François. Vous et moi sommes les seuls à connaître la vérité. Le ministre est avant tout un serviteur de Dieu. Servir l'État doit rester une charge secondaire.

— Vous avez réussi votre coup, monseigneur. Vous pouvez vous montrer satisfait.

— Ne le prenez pas sur ce ton. J'ai agi dans l'intérêt de la cathédrale avant tout. L'erreur de départ est mienne, je le reconnais. Mais qui aurait pu prévoir cette odieuse tentative de chantage ?

— En somme, vous vous voyez comme une victime.

— Je n'irai pas jusque-là. Disons que l'essentiel a été préservé : la réputation de cette église. Pour une fois la Justice a tranché en notre faveur. Les médias quant à eux sont en train de se calmer. Il ne reste plus que vous, François, et je sais que je peux compter sur votre discrétion.

— Monseigneur ? Je vous demande pardon ?

— Vous m'avez très bien compris. Vous aussi êtes un soldat de Dieu, vous et moi luttons dans le même camp. Maintenant donnez-moi l'absolution et ne parlons plus de cette sordide affaire.

— Comment voulez-vous me tenir au secret après ce que nous venons de nous dire ?

— Vous oubliez l'endroit où nous sommes, François. Ce que je viens de vous avouer, je l'ai fait dans le cadre de la confession. Si je me suis confié à vous, c'était pour me soumettre au jugement de Dieu et solliciter Son pardon. Vous n'êtes ni magistrat ni officier de police. Vous êtes prêtre, faut-il vous le rappeler ? Trahir ce qui est désormais notre secret serait trahir vos vœux. Allons, mon père, donnez-moi l'absolution.

C'était donc là où le recteur voulait en venir. Tout le temps qu'avait duré cette confession, le père Kern avait naïvement cru tenir les cartes en main. En réalité il n'en avait rien été. Du début à la fin, le prélat avait dirigé l'entretien, poussant son confesseur vers un choix impossible.

— Je ne vous donnerai pas l'absolution, monseigneur, pour la simple raison que vous avez menti. Votre confession n'était en rien sincère et je n'ai décelé chez vous aucune contrition.

— Sincère ? Qu'est-ce que c'est que cette histoire ? Je vous ai raconté l'exacte vérité. Elle vous paraît peut-être sale et immorale mais elle reste la vérité. Que croyez-vous ? Qu'elle se présente toujours pure et immaculée, baignée d'un halo de blancheur ? Allons, François, ne jouez pas au petit saint. Vous avez suffisamment fréquenté les prisons pour le savoir : ce qui est vrai n'est pas forcément propre et les cellules de France sont farcies d'erreurs judiciaires.

Le père Kern luttait pour ne pas se laisser démonter.

– Je ne vous donnerai pas l'absolution, monseigneur, parce que la mort de Luna Hamache n'était en rien un accident. Au contraire, votre crime était prémédité.

Le visage du prélat se durcit. Et pour la première fois depuis qu'il se trouvait dans le bocal face au recteur, Kern eut le sentiment d'avoir fendu la cuirasse de son adversaire. Il ne lui laissa pas le temps de se ressaisir.

– Ce soir-là, monseigneur, dans la salle du trésor, vous ne vous êtes pas rué sur votre victime uniquement pour la faire taire. A-t-elle même eu le temps de prononcer un mot ? Vous n'avez en rien cédé à la panique. Bien au contraire. Votre démarche avait été mûrement réfléchie tout au long de la soirée.

– Grotesque.

– En prenant le trousseau de clés dans la sacristie, avant d'aller chercher Luna à la porte du chevet, vous avez pris soin de glisser quelque chose dans vos poches.

– Ah oui ? Et qu'ai-je mis dans ma poche, François ? Dites-moi exactement puisque vous êtes si fort.

– Une paire de gants en latex, monseigneur. De ceux dont se sert le sacristain pour nettoyer l'argenterie. Malheureusement pour vous, Gérard est un râleur invétéré. Il raconte ses petits malheurs à la cathédrale entière. Lundi matin il a pesté pendant une heure, avant la messe et la macabre découverte. Il ne retrouvait plus sa précieuse boîte de gants, vous comprenez. Ces gants, monseigneur, dont vous vous êtes servi pour ne laisser aucune trace sur le cou de Luna.

— C'est absurde. Vous m'accusez purement et simplement d'assassinat.

— C'est exact, monseigneur. Et vous serez traduit devant une cour d'assises. Il y a bientôt une heure, j'ai eu le substitut Kauffmann au téléphone. Je lui ai dit que je souhaitais lui parler. Elle sera là d'ici quelques minutes, et rien ne m'empêchera de tout lui raconter.

— Vous croyez cela, François ? Vous croyez vraiment que je vous laisserais anéantir l'œuvre d'une vie en un instant ?

Il passa une main sous sa veste et en tira une arme, un pistolet automatique d'allure ancienne et fatiguée qu'il braqua sur le père Kern.

— Debout, François. Passez devant, je serai derrière vous. Tout près. Ne l'oubliez pas.

Il glissa le revolver dans sa poche et ouvrit la porte de verre au petit prêtre. C'était grotesque. Irréel. Grandguignolesque. Ce vénérable vieillard, cet homme qui avait donné l'essentiel de sa vie à Dieu et gravi un à un les échelons de la hiérarchie catholique, achevait son parcours une arme à la main. Pire que tout, il le faisait soi-disant au nom de sa foi. Et Kern pensait : « J'ai gagné la partie, la vérité est sortie, pourtant c'est lui qui va triompher, l'assassin, parce qu'il a la force avec lui, parce qu'il tient ce pistolet dans son poing. Et ce meurtrier-là porte un col blanc serti de noir, un col romain. »

La frontière entre le bien et le mal avait été déplacée. C'était un mouvement imperceptible dont Kern seul avait connaissance, provoqué par un homme, un seul parmi tant d'autres ayant offert leur vie à Dieu, un homme qui avait choisi de passer de l'autre côté de la barrière, celui des forces obscures. Pourtant ce minuscule infléchissement de la frontière était pour Kern un véritable tremblement de terre. Il se souvint alors de cette conversation vieille d'à peine vingt-quatre heures dans le bureau de Claire Kauffmann, et les paroles de la jeune magistrate lui revinrent en mémoire mot pour mot. *Nous ne nous demandons pas si une décision est morale mais si elle est légale.* Le recteur de Bracy venait de réconcilier justice et religion, il l'avait fait en les trempant toutes deux dans un seau d'abjection.

— Continuez d'avancer, François. Et surtout pas de bêtise.

Kern plongea en lui à la recherche de Dieu, s'adressant à Lui, tentant d'établir une communication, provoquer un écho afin de comprendre et comprendre encore. Cette fois pourtant, la réponse à ses interrogations était évidente, elle tenait en une phrase des plus simples : il allait mourir. Pour le petit prêtre il était l'heure, comme le recommandent les assassins à la fin des histoires policières, de faire ses dernières prières.

Ils fendirent la foule très dense à cette heure-ci de la journée. Le recteur salua d'un signe du menton quelques bigotes agenouillées dans la nef. L'une d'elles se leva et accourut lui baiser la main en s'inclinant cérémonieusement. Il lui tendit celle qu'il avait encore libre. De l'autre, il serrait le pistolet automatique, calé dans le fond de sa poche, braqué sur le père Kern. Ils remontèrent le côté sud, traversèrent le transept, passèrent devant la Vierge au pilier puis s'engagèrent dans le déambulatoire. Quelques mètres avant l'accès à la sacristie, à hauteur de la plaque évoquant le lancement du chantier de la cathédrale en l'an de grâce 1163, Bracy posa la main sur l'épaule de Kern.

— La porte à droite. Ouvrez-la, François.

– Elle sera verrouillée.

– Elle est ouverte. Je m'en suis assuré avant de passer vous voir.

– Vous avez pensé à tout, monseigneur.

La porte donnait sur un escalier en colimaçon qui montait vers la tribune intérieure. Arrivés là, ils s'arrêtèrent, et le recteur qui peinait à reprendre son souffle dut s'appuyer contre le mur.

– Seigneur, je n'aurais pas dû fumer cette cigarette tout à l'heure. Après tant d'années d'abstinence... Ce n'est décidément plus de mon âge.

Il tira l'arme de sa poche et, d'un mouvement de canon, fit signe à Kern de poursuivre l'ascension. L'escalier paraissait s'enrouler sans fin vers les hauteurs de Notre-Dame. Derrière lui, le père Kern entendait la respiration du recteur, à chaque marche un peu plus rauque et difficile. Enfin ils débouchèrent à l'extérieur, à hauteur d'une étroite galerie qui bordait la toiture. À quelques mètres à peine se dressait la flèche de Viollet-le-Duc. L'endroit était une véritable fournaise. Les tuiles de plomb avaient stocké la chaleur du soleil depuis les premières heures de la matinée. En contrebas, Kern pouvait voir les arcs-boutants tentaculaires qui s'étendaient tout autour du chevet et, plus bas encore, dans les jardins et sur les quais, les silhouettes minuscules des touristes dont beaucoup levaient les yeux en l'air pour contempler la cathédrale dans son immensité. Les deux hommes se trouvaient à plus de quarante mètres de hauteur.

– Inutile de regarder à la ronde, François. Personne ne peut nous voir. Le toit nous dissimule des visiteurs montés dans les tours. Pour ceux d'en bas nous sommes deux points perdus au milieu des gargouilles et des pierres. À la rigueur ils vous verront faire votre saut de l'ange mais il sera déjà trop tard.

— Sauter ? C'est donc la fin que vous avez prévue pour moi, monseigneur ?

— Suicide, oui. Encore une fois c'est le petit ange blond qui m'a donné l'inspiration. Un vrai cadeau du ciel, ce garçon.

— Et la raison de ce suicide ? La mort de Luna ? Les doutes provoqués par l'enquête policière ? La perte de la foi ? Mais qui croira cela ?

— Allons, François, tout le monde est au courant pour vos crises de douleurs. Tout le monde sait qu'elles vous sont désormais insupportables. Ajoutez à cela la question de votre frère. Son suicide en prison. Votre impuissance à le sauver de la mort. Oui, François, je suis au courant, bien que vous soyez toujours resté discret sur la question. Encore un avantage tiré de mes relations au ministère. C'était il y a combien de temps maintenant ? Vingt ? Trente ans ? Mais on n'oublie pas, n'est-ce pas, François ? Pour certains souvenirs la mémoire refuse obstinément de nous trahir, n'est-ce pas ? Au contraire, elle se fait chaque année un peu plus précise, un peu plus exacte, jusqu'à passer le seuil de la torture. Seigneur, je suis bien placé pour le savoir. Vous ne savez pas à quel point je compatis, François.

— La mémoire, oui. Quand vous alliez voir des filles d'origine maghrébine, ce n'était jamais par hasard, n'est-ce pas, monseigneur ?

— Chacun assume comme il le peut le poids de ses péchés. Pour ma part, je porte depuis bien longtemps le fardeau d'une faute fondamentale, originelle, celle d'une nation tout entière. Un péché que j'ai tâché d'enfouir sous une vie de respectabilité et de prière. Mais il n'y a pas de rédemption possible. Je vais vous dire : ce qui ne s'efface pas, c'est la mémoire du corps. Le corps. Le corps n'oublie jamais.

Il braqua de nouveau son arme vers le père Kern.

— Je ne sauterai pas, monseigneur. Il vous faudra tirer. Et tout Paris entendra la détonation.

Bracy eut un sourire ironique. Il fit coulisser le chargeur hors de la poignée du pistolet avant de le remettre en place dans un claquement de culasse.

— Il n'est même pas chargé. Cette arme n'a pas servi depuis plus de cinquante ans.

Il posa l'arme sur la balustrade de pierre.

— Je l'ai sortie d'un tiroir. J'ai pensé m'en servir pour vous intimider. La peur, François. La peur universelle à la vue d'une arme. Celle qui détermine en un instant qui est l'esclave et qui est le maître. C'est elle qui vous a fait monter jusqu'au sommet de cette cathédrale sans dire un mot, sans faire appel à la foule qui nous entourait. J'étais seul et vous étiez mille contre moi. La peur, vous dis-je. C'est elle qui vous fera m'obéir et sauter. La peur de mourir, François.

Il plongea la main dans la poche de sa veste pour en sortir un moyen de persuasion supplémentaire. Lentement, avec le soin maniaque qu'ont parfois les vieillards, il passa une paire de gants en latex, peut-être celle-là même qu'il avait utilisée pour faire taire Luna à jamais.

— Ne résistez pas, François. Cela ne servirait à rien. Je pèse le double de votre poids. Pensez plutôt qu'à travers votre sacrifice c'est la cathédrale Notre-Dame que vous sauvez du déshonneur.

Et, de ses bras encore puissants malgré son âge, il ceintura le père Kern. Le petit prêtre se sentit soulevé du sol. Il était en effet inutile de résister. Entre les mains de Bracy il n'était qu'un pantin désarticulé. Le recteur s'approchait du vide. Sa respiration s'était de nouveau accélérée. Bientôt il ferait basculer son adversaire. Le père Kern ferma les yeux et pensa à son frère.

– On ne bouge plus ! Maintenant, pépé, tu lâches le petit curé et tu le laisses partir.

C'était une voix derrière eux. Kern sentit que le recteur s'arrêtait. Il rouvrit les yeux et vit le lieutenant Gombrowicz sur la galerie. Il tenait son revolver à deux mains, braqué sur eux. Il sentit l'étau autour de sa poitrine se desserrer, comme si le corps entier du recteur, qui jusque-là lui avait semblé dur comme la pierre, se liquéfiait soudain. Il se laissa glisser au sol. À sa grande surprise, ses jambes acceptèrent de le porter et il franchit les quelques pas qui l'éloignaient du vide et le mettaient en sûreté.

– OK, pépé. Maintenant tu mets tes mains en l'air et tu me laisses approcher.

Dans sa main gauche, Gombrowicz exhiba une paire de menottes. Les lèvres de monseigneur de Bracy tremblaient. Il se mit à murmurer.

– Le corps… Le corps…

Et, avec la maladresse d'un vieillard en bout de course, il saisit son vieux semi-automatique sur la balustrade et le braqua vers l'officier de police. Les deux coups de feu retentirent instantanément, provoquant l'envol de centaines de pigeons. Monseigneur de Bracy ne recula qu'à la seconde détonation, comme si sa solide constitution avait été capable d'encaisser le premier projectile de plomb, mais pas le second. Il recula encore, se cala un court instant contre le parapet, adressa un regard vide de tout au père Kern. Puis il bascula en arrière et disparut dans le vide.

*
* *

À présent suspendu dans les airs, il regarde défiler les paysages tourmentés de Kabylie. Le Sikorsky est venu les chercher pour les ramener au camp de base. Derrière lui, il laisse un village en flammes et un grand-père en pleurs. La porte coulissante de l'hélicoptère est restée ouverte. Le bruit des pales et du moteur empêche les hommes de parler. Les turbulences provoquées par le rotor précipitent de larges paquets d'air à l'intérieur. Il ouvre sa main droite au-dessus du vide et fait mine de récolter le vent. Rien n'y fait. Il n'arrive pas à se débarrasser de la brûlure du pistolet dans sa paume tout à l'heure. Le contact rugueux de la crosse, l'entaille blanchâtre creusée par la détente entre les deux phalanges de son index, le choc de la détonation remonté jusque dans l'avant-bras. Le tout s'est incrusté dans sa chair au moment du coup de feu. La jeune fille est morte. Il lui a tiré une balle dans la tête. Il a tiré parce qu'il ne supportait plus, non pas ses cris, mais son silence. Il ne supportait plus de la voir là, les doigts fichés dans la terre de sa maison, semblable à une poupée de chiffon, les yeux fixes, comme morts, tournés en l'air, tandis que les soldats disposaient de son corps. Il l'a tuée pour faire taire le hurlement muet qui sortait de sa bouche grande ouverte. En comparaison, le vacarme régulier de l'hélicoptère a quelque chose de doux et d'apaisant.

Du fond de l'appareil il sait que le sergent l'observe. Il sent le regard du subalterne glisser sur sa nuque et son dos. À l'arrivée ils devront se mettre d'accord sur le rapport à faire. Il tiendra à peu près en trois lettres : R.A.S. Au bas de la page il apposera sa signature, son grade, son nom : sous-lieutenant Hugues de Bracy.

Le sergent et lui rejoindront les hommes. Ils boiront

de la bière. Ils parleront de la quille. Ils parleront de la France. Ils parleront de leurs parents ou de leurs sœurs. Ils parleront, pour ceux qui ne sont pas célibataires, de leurs fiancées, de leurs épouses restées là-bas en métropole. Ils parleront de tout sauf de ce qui s'est passé le matin même. Puis, plus tard dans la soirée, une fois la nuit tombée, une fois l'alcool largement mélangé à leur sang, ils iront faire un tour à l'arrière du camion qui leur sert de bordel militaire de campagne, histoire de s'assurer qu'ils sont encore des vrais soldats, des braves, des guerriers, des hommes. Cette fois, il n'est pas impossible que le jeune sous-lieutenant se mêle au restant de la troupe. Une fois seulement, l'ivresse aidant, histoire de faire taire cette angoisse qui lui vrille le ventre et lui serre le rectum. Une fois seulement. Se servir du corps épuisé d'une pauvresse du cru pour calmer cette angoisse qui lui écrase le sexe. Une fois seulement. Ensuite il y aura la nuit, le sommeil, l'oubli, le lendemain. Un jour il y aura la fin des événements. D'une manière ou d'une autre le conflit prendra fin et il pourra enfin rentrer en France. Quitter l'uniforme. Faire de la peine, peut-être, sûrement, à ce père colonel dans l'armée de l'air. Se taire à jamais sur ce passé, sur cette jeunesse souillée de militaire. Faire le choix d'une vie permettant de laver les horreurs de la guerre.

Pour l'heure, l'hélicoptère poursuit sa route vers l'intérieur des terres. Le sous-lieutenant a maintenant rentré son bras à l'abri des turbulences et du vent. Il observe un moment sa paume inerte posée sur sa cuisse puis, comme le ferait un premier communiant ou bien un enfant de chœur, joint ses deux mains en signe de prière.

*
* *

Pour la seconde fois de la semaine, la cathédrale avait été vidée de ses visiteurs puis remplie de policiers. Cette fois il y en avait aussi à l'extérieur, précisément au pied du mur sud où l'on s'apprêtait à évacuer le corps sans vie du recteur.

À l'intérieur, un petit prêtre en habit de messe était assis, seul, perdu dans l'immensité de la nef, au milieu de centaines de chaises inoccupées. Quelqu'un, le père Kern ne se rappelait plus qui exactement, avait eu l'idée saugrenue de le couvrir en plein mois d'août d'une couverture de survie. Il n'avait pas eu la force de la refuser. Depuis, il brillait d'un reflet argenté dans l'ombre grandissante de cette fin de journée. Une jeune femme vint s'asseoir sur la chaise voisine.

– Vous n'avez pas chaud avec ce truc sur vous ?
– Terriblement, mademoiselle Kauffmann.

Elle lui retira la feuille d'aluminium avec le soin d'une mère. Kern remuait à peine, perdu dans ses pensées.

– Vous croyez en Dieu ?
– Non, mon père. Désolée.
– Ne vous excusez pas. La véritable frontière, vous savez, n'est pas entre croyants et non-croyants, pas plus qu'entre chrétiens, juifs ou musulmans. La véritable ligne de front est celle qui sépare les colombes des faucons.
– Ceux qui cherchent la paix...
– De ceux qui veulent la guerre, oui.
– Ne me dites pas que cette histoire a fait vaciller votre foi ?
– Et vous, Claire ?

– Moi ?
– Vous a-t-elle fait perdre votre foi en la justice ?
Elle prit le temps de réfléchir.
– Je ne sais pas. Mon point de vue a changé. D'une certaine manière j'ai fait un pas vers vous, mon père.
– Vers moi ?
– En vous donnant accès au dossier de l'affaire Notre-Dame j'ai transgressé les règles de ma profession, vous savez. Ce que j'ai fait était parfaitement illégal. Illégal mais pas forcément immoral.
Le père Kern ne put réfréner un sourire.
– Pourquoi ce sourire ?
– Je pense que nos chemins se sont croisés. L'espace d'un instant, voyez-vous, j'ai bien failli renoncer à mes vœux. C'était, je suppose, le prix à payer pour découvrir le nom de l'assassin. J'ai menti plus d'une fois aussi. Tout cela n'était pas bien moral. En somme j'ai quelque peu taché ma soutane. Mais aujourd'hui la justice ne s'en porte pas plus mal.
Claire Kauffmann sourit à son tour.
– Moi je nous crois raffermis dans nos fois respectives, mon père, malgré ces quelques écarts. Ou peut-être grâce à eux.
– Qu'allez-vous faire maintenant ?
– Prendre des vacances. M'occuper un peu de moi. J'en ai besoin, je crois. Je pars quelques jours chez une amie en Italie, près d'Ancône.
– Ancône ? Mais c'est au bord de l'Adriatique, n'est-ce pas ?
– Absolument. Mon corps a soudain eu l'envie d'un bain de mer. J'ai décidé de le lui offrir.
Ils restèrent un instant sans rien dire, savourant le silence, les secondes qui s'égrenaient calmement,

profitant chacun de la présence apaisante de l'autre à ses côtés.

Kern sortit le premier de cette douce léthargie.

— Et le lieutenant Gombrowicz ? Il est encore là ?

— Dans la sacristie, oui. Il est en train de boire un café, je crois. Il nous attend pour que nous puissions parler tous les trois.

— Vous l'avez vu ? Comment va-t-il ?

— Il a les mains qui tremblent. Il n'arrive pas à les arrêter. Il vient de tuer un homme.

— Il m'a sauvé la vie, vous savez. Sans lui, j'étais cuit.

— Il m'a raconté, oui.

— J'aimerais le voir, lui parler, lui demander ce qu'il faisait dans la cathédrale, ce qui l'a poussé à nous suivre, le recteur et moi, jusque sous les toits.

— Il vous l'expliquera lui-même. Je crois que le lieutenant vient de comprendre qu'il est un bon flic. Si vous vous sentez mieux, nous pouvons peut-être aller le rejoindre. Vous avez vous-même pas mal de choses à nous raconter.

— Il m'a sauvé la vie, vous savez.

— Je sais, mon père, vous venez juste de le dire.

Ils se levèrent et rejoignirent l'allée centrale dans la grande nef. Très vite, le père Kern s'arrêta, une expression de surprise sur son visage. Il remua les doigts, fit tourner ses mains autour de la jointure des poignets. Claire Kauffmann l'observait faire. Le petit homme semblait parti à la redécouverte de son corps, à la manière d'un bambin dans son berceau.

— Tout va bien, mon père ?

— Est-ce que vous avez l'heure, mademoiselle ?

— Bientôt six heures. Pourquoi ?

— Six heures. Six heures du soir et pas la moindre

douleur... C'est tout à fait extraordinaire... Comme si j'avais été débarrassé...

Il s'interrompit, sur son visage une mimique enfantine que la magistrate ne lui connaissait pas. Le prêtre repartit d'un pas plus léger. Il devançait désormais la jeune femme dans l'allée. Derrière un pilier, il aperçut une dame âgée, esseulée, qui paraissait attendre le commencement de la messe. Elle gardait les deux mains posées sur le dossier de la chaise devant elle et elle avait sur la tête un chapeau fleuri. Le père Kern laissa échapper un soupir.

– Mademoiselle Kauffmann, voudriez-vous dire à cette dame que la cathédrale a été évacuée ? Sinon elle risque fort de passer la nuit ici.

– C'est moi qui lui ai demandé de rester.

– Vous ?

– Si vous êtes encore en vie, c'est grâce à cette dame là-bas sur sa chaise.

– À madame P... ?

– Grâce à elle, oui. D'une certaine manière elle savait tout depuis le début.

– Depuis le début ?

– Il y a dix jours, elle a vu Luna Hamache parler à Bracy pour lui réclamer de l'argent. Elle a vu le recteur la renvoyer sans ménagement. Elle était assise à la même place que d'habitude, à la même place depuis dix ans. Personne ne la remarque plus, maintenant. Personne ne fait plus attention à elle. Tout le monde la considère comme une vieille folle. En quelque sorte elle fait partie du décor, des meubles de la cathédrale. Et pourtant. Après la découverte du corps de Luna, elle seule s'est doutée que votre supérieur avait quelque chose à voir dans l'affaire.

– Seigneur... Mais pourquoi n'en a-t-elle rien dit plus tôt ?

Claire Kauffmann ne put contenir une moue ironique.

– Je crois, mon père, qu'elle n'a jamais trouvé personne ici à qui parler. Il n'y a que le lieutenant Gombrowicz qui ait bien voulu l'écouter.

Kern se prit la tête à deux mains. Il se rappelait maintenant. Les tentatives de la dame aux coquelicots, et ses efforts à lui pour l'éviter. S'il avait su... S'il avait su mieux écouter...

Elle l'observait de derrière son pilier, assise sur sa chaise, de son regard éternellement inquiet. Il lui adressa un signe amical et aussitôt il vit un large sourire fleurir sur le visage de la vieille dame solitaire.

– S'il vous plaît, mon père. Vous pourrez lui parler tout à l'heure. J'aimerais que nous allions retrouver le lieutenant maintenant.

Kern acquiesça. Ils reprirent la direction de la sacristie. En chemin, ils passèrent devant la Vierge au pilier et Kern demanda une minute de solitude à la jeune magistrate. Il s'agenouilla sur les marches du podium, puis il ferma les yeux et joignit les mains en signe de prière. Ses lèvres murmurèrent des mots que Claire Kauffmann ne put saisir de là où elle se tenait. Le père Kern leva son regard vers la Vierge de pierre. Son visage diaphane semblait avoir retrouvé sa quiétude légendaire, et dans la lumière du soir qui baignait la cathédrale, elle paraissait plus blanche encore.

La cathédrale Notre-Dame n'a pas fini de livrer ses secrets, ses morts et ses légendes… Retrouvez l'univers et les personnages de *La Madone de Notre-Dame* dans la nouveauté d'Alexis Ragougneau, à paraître aux éditions Viviane Hamy.

ÉVANGILE POUR UN GUEUX

Les événements et personnages dépeints dans ce roman sont entièrement imaginaires.

© Éditions Viviane Hamy, janvier 2016

Rendez-moi mon foyer, mon champ, mon industrie,
Ma femme, mes enfants ! rendez-moi la clarté !
Qu'ai-je donc fait pour être ainsi précipité
Dans la tempête infâme et dans l'écume amère,
Et pour n'avoir plus droit à la France ma mère !

Victor Hugo

1

Le corps reposait sur le dos. La lumière blanche filtrant à travers les vitres ravivait les marbrures qui coloraient la peau, comme peintes sur un parchemin flétri par l'eau, le temps et la mort. Un drap avait été jeté sur le sexe – pudeur inhabituelle pour le lieu – et dissimulait également le haut des cuisses. La tête, inclinée sur la gauche, était calée sur un billot que recouvrait une chevelure brune collée par l'humidité, la saleté et le sang. Dans cette posture artificielle, le menton s'écrasait sur la pomme d'Adam et formait là un renflement, petit goitre qui conférait au visage un air poupon et attirait immanquablement le regard compte tenu de l'effarante maigreur du cadavre. Une barbe adolescente, bien qu'assez longue, encadrait des traits prématurément abîmés qui évoquaient un masque antique saisi entre clownerie et tragédie. Les mains et les pieds excitaient l'intérêt et, pour tout dire, une curiosité malsaine, si bien que le regard, une fois le survol du corps effectué, se fixait sur ces extrémités percées de part en part et ne les quittait plus, aimanté par les quatre trous noirs.

Un métro aérien traversa la Seine, puis amorça son virage au-dessus de la voie Mazas dans un crissement de freins. Le docteur Saint-Omer fit son entrée dans la salle au lino d'un orange délavé, suivi d'un photographe de l'identité judiciaire et du garçon morguiste.

— Il nous reste des œufs de Pâques à côté si ça vous tente, lieutenant. Je ne conseille à personne d'assister à une autopsie le ventre vide. C'est un peu comme prendre l'avion : en cas de turbulences, il vaut mieux avoir l'estomac bien accroché. Ce n'est pas votre première dissection, au moins ?

Gombrowicz marmonna une réponse équivoque tandis que, de sa main gantée, le médecin tirait le drap qui recouvrait les hanches du mort, dévoilant un sexe rabougri et circoncis. Le lieutenant pensa à un fruit séché – pruneau, datte ou figue –, et baissa aussitôt les yeux vers ses baskets dont l'une était délacée.

Le photographe débuta son ballet autour de la table en Inox ponctué de flashes, de clics et de doubles bips. Saint-Omer terminait son café en contemplant son mort. Il jeta le gobelet dans la poubelle jaune réservée aux déchets médicaux avant de gratter son crâne lisse.

— Bon… Un clochard pour débuter la journée. Son passage dans la Seine lui aura au moins ôté un peu de sa crasse. Qu'est-ce que vous voulez, moi je préfère la mort à la saleté. Les clichés tout habillé, c'est fait ?

Le photographe consulta l'index de ses prises de vue et, sans quitter une seconde l'écran de son Canon, émit un son vague dont le médecin parut se contenter.

— Vous avez bien pris soin des vêtements ? Tout est là ?

Le garçon de salle acquiesça d'un imperceptible mouvement du menton.

— Les mensurations, la pesée, la radio, c'est bon ?

L'assistant hocha de nouveau la tête, et le légiste croisa alors les mains sur son tablier ; ses gants frottant contre le plastique émirent un bref couinement.

— Bon, qui avons-nous là ? Individu non identifié de sexe masculin, de vingt-cinq à trente-cinq ans, de type nord-africain. Le corps a été retrouvé le 21 avril en fin de journée, flottant dans la Seine à hauteur de l'escale Batobus du port de Montebello. Cyanose du visage d'un beau bleu violacé. Yeux turgescents. Œdèmes au niveau des paupières. Présence de champignons de mousse au niveau des orifices de la face. Ecchymoses nombreuses à hauteur des genoux et des avant-bras, éventuellement dues au charriage du corps au fond de l'eau ; je pencherais plutôt pour des tentatives infructueuses de remonter sur la terre ferme juste avant l'asphyxie fatale. L'examen des poumons devra confirmer l'hypothèse de la mort par noyade. Le degré de macération de la peau indique – compte tenu de la température de l'eau – que l'immersion a duré entre deux et quatre jours. L'épiderme se décolle au niveau des mains et des pieds. Traces de putréfaction sur le cou et la région thoracique. Regardez-moi la profondeur de ce vert, lieutenant, c'est tout de même étonnant ce que la mort peut produire comme couleurs. Vous vous intéressez à la peinture ?

Gombrowicz fixait obstinément son lacet défait, tâchant de s'absorber tout entier dans la contemplation de la bandelette de coton qui serpentait sur le lino usé. Saint-Omer poursuivit sans véritablement lever les yeux de son cadavre.

— Apparence générale très dégradée. Cachexie liée à une dénutrition importante. Maigreur extrême. Saleté. On note une atrophie congénitale du bras droit empêchant tout usage de la main. Nombreuses lésions de la peau dues à des morsures de poux ou à la gale. Ulcère surinfecté au niveau de la jambe. C'est votre premier SDF, lieutenant ?... Nombreux problèmes de pied, dermatoses et parasitoses diverses, à distinguer des phlyctènes causées par le séjour prolongé dans l'eau...

Le légiste s'arrêta au milieu d'une inspiration, fit un pas en arrière – le temps de céder l'espace au photographe qui fit plusieurs gros plans des pieds du cadavre –, puis reprit sa place et son discours comme s'il ne s'était jamais interrompu.

– En somme, ce sont toujours les mêmes pathologies que l'on observe chez les morts de la rue. Il suffit parfois de quelques semaines pour que le rapport au corps change, au point de nier jusqu'à l'existence même de certaines infections. Je me souviens avoir reçu en novembre dernier le cadavre d'un homme d'une quarantaine d'années – qui en paraissait facilement soixante-dix –, dont l'une des chaussettes s'était littéralement incrustée dans la peau faute d'avoir été retirée pendant des mois. On ne peut aboutir à de telles anomalies, lieutenant, qu'en cas d'abandon total de la conscience corporelle. Le corps devient celui d'un autre, il devient une épave laissée à la dérive. Celui-ci ne fait pas exception à la règle ; malgré son jeune âge, ce garçon était au bout du rouleau.

Gombrowicz s'accroupit sur le lino et relaça sa basket. En se relevant, il fut pris d'un léger vertige et colla ses deux omoplates contre le mur d'un orangé un peu plus clair que le sol. Il n'avait rien pu avaler de la matinée. La perspective de l'autopsie lui avait noué le ventre depuis la veille au soir.

Saint-Omer décroisa les mains et vint se caler contre la table de dissection.

– En revanche, les stigmates aux pieds et aux mains sont tout à fait inhabituels ; en réalité des plaies profondes infligées à l'aide d'un objet de type poinçon, tournevis, voire clou de grosse taille. Sans compter...

Le légiste glissa son doigt gainé de latex dans une plaie d'une quinzaine de centimètres qui striait le thorax.

— Sans compter la blessure au côté qui, elle, a été faite par un cutter ou un couteau très effilé, ce qui peut laisser supposer la présence d'au moins deux agresseurs. Il ne vous rappelle rien, ce jeune homme ?... Allongé comme il est, avec cette lumière printanière qui baigne le corps, on dirait un Mantegna.

Gombrowicz leva le nez de ses chaussures.

— Qui ça ?

— Andrea Mantegna. Fin XVe. Une pure merveille. Le tableau est à Milan.

— Vous pensez que ça peut nous aider pour l'identification ?

Le médecin se désintéressa de son cadavre et, pour la première fois depuis le commencement de l'autopsie, examina le jeune officier de police par-dessus ses lunettes en demi-lune.

— Je me souviens... La dernière fois vous étiez avec votre supérieur, le commandant... Comment s'appelle-t-il déjà ? Un type d'assez forte corpulence...

— Landard.

— Landard, c'est ça. Vous n'avez pas votre chaperon avec vous, ce matin ?

— Il fume sa clope dans la cour, en attendant.

— Vous ne saviez pas qu'il s'agissait d'un SDF ? Le client de ce matin, je veux dire.

— On m'avait juste parlé d'un noyé.

— Je vois. Bon... Nous l'ouvrons, ce garçon ?

Saint-Omer saisit un bistouri et, d'un geste fluide, comme il l'aurait fait d'un pinceau sur une toile vierge, traça dans la chair un vaste Y qui partait des épaules et descendait jusqu'au pubis. Un liquide jaunâtre s'écoula de la plaie. Le légiste en écarta les bords, dévoilant la cage thoracique, puis saisit une large pince afin de sectionner les côtes. Les organes internes apparurent tandis qu'une odeur pestilentielle envahissait la salle. Le médecin prit une profonde inspiration.

– Vous portez du parfum, lieutenant ? Parce que le parfum amplifie l'effet. Ne cherchez pas à résister. Au contraire, saturez-vous le nez d'entrée de jeu. Croyez-moi, c'est la seule façon de procéder.

Un spasme agita l'estomac de Gombrowicz et il dut se retenir pour ne pas vomir.

– En cas de nausée vous trouverez une cuvette à votre gauche, juste là, sur le chariot métallique.

L'officier sentait la transpiration dégouliner de ses aisselles. Un relent de son propre déodorant – « fraîcheur océane » – parvint à ses narines et il serra les dents un peu plus fort : le parfum amplifiait bien l'odeur de la mort.

Saint-Omer était à nouveau absorbé par l'examen de la dépouille.

– Magnifiques teintes à l'intérieur, mais, Seigneur, quel chantier ! Traces de pneumonie avec complications, lésions tuberculeuses... Ce gosse avait les poumons d'un vieillard. Au passage, lieutenant, le décès par noyade ne fait plus aucun doute. C'est plein de flotte là-dedans. Les analyses microscopiques et les prélèvements ne feront que le confirmer.

Tandis que le légiste commençait à vider le cadavre de ses viscères – cœur, foie, poumons – avec méthode et circonspection, remontant du pubis vers le crâne, le garçon morguiste s'approcha de la table en Inox et entreprit de peser chaque organe au fur et à mesure de son extraction.

– Cet amas de chairs et d'intestins puants, c'est la vie, savez-vous, lieutenant – car la mort fait partie de la vie et le légiste est sans discussion possible un médecin du vivant ; ce clochard qui s'est échoué sur notre table d'autopsie, que vous le vouliez ou non, est une œuvre d'art, un trésor, un chef-d'œuvre, un Caravage, un Titien, un Uccello. Vous entendez, lieutenant ?

Le lino dansait devant ses yeux tandis qu'il pensait à Landard enchaînant tranquillement les cigarettes dans la cour de l'Institut médico-légal. Dans la cour, c'est-à-dire dehors, c'est-à-dire à l'air libre, c'est-à-dire à l'air frais... Gombrowicz n'osa lâcher un juron de peur qu'il soit accompagné d'une partie de son dîner de la veille.

Le docteur Saint-Omer contourna la table de dissection et ses doigts gantés démêlèrent quelque peu la chevelure du jeune homme. Puis il saisit à nouveau son bistouri et découpa le cuir chevelu d'une oreille à l'autre pendant que le garçon morguiste branchait la scie circulaire.

– Avant de leur retourner la peau du crâne sur le visage, lieutenant, je prends toujours le temps de les regarder. Je veux dire, les regarder vraiment. Je l'ai toujours fait, parce que, voyez-vous, c'est le visage – les yeux, le nez, la bouche, le sourire, ses expressions diverses et variées –, c'est le visage qui fait l'homme...

Saint-Omer s'interrompit brusquement. Son assistant, impassible, immobile, enfermé dans un silence de sacristain, patientait, la scie à la main. Le légiste étudiait intensément les traits du mort, comme s'il avait été touché par une sorte de grâce mystique dont il ne parvenait pas à s'extraire.

Enfin, il leva son regard vers Gombrowicz qui comprit que la routine médicale était rompue.

– Attendez voir, lieutenant... Il me semble... Approchez-vous un peu, voulez-vous. Ça par exemple... Il me semble bien que je le reconnais...

Ce furent les derniers mots que l'officier de police entendit. Son corps bascula d'un seul bloc vers la gauche. Tandis qu'il perdait l'équilibre, il distingua encore le bruit du chariot métallique qui basculait avec lui et vit la cuvette rouler sur le lino orange. Puis il s'évanouit pour de bon, dans le noir total et le silence complet.

RÉALISATION : NORD COMPO À VILLENEUVE-D'ASCQ
IMPRESSION : CPI FRANCE
DÉPÔT LÉGAL : JANVIER 2016. N° 122221 (3013700)
IMPRIMÉ EN FRANCE

ÉGALEMENT CHEZ POINTS POLICIER

Arab Jazz
Karim Miské

Ahmed Taroudant, jeune marginal, ne lit que des polars. Quand il trouve sa voisine pendue à son balcon, un rôti de porc à ses côtés, il sort de sa léthargie. Est-ce le meurtre symbolique d'un fou de Dieu ? Avec Rachel Kupferstein et Jean Hamelot, flics cinéphiles et torturés, Ahmed enquête au cœur d'un 19e arrondissement cosmopolite où ripoux, caïds et fondamentalistes se livrent une guerre sans pitié.

« *Gorgé de sensualité, d'odeurs et de musique, pétri d'onirisme, de légendes et de fantasmes, empreint d'humour,* Arab Jazz *parvient à esquisser un véritable univers, carrefour cosmopolite et polyphonique de la société.* »

ÉGALEMENT CHEZ POINTS POLICIER

Terminus Belz
Emmanuel Grand

Enez Ar Droc'h. L'île des fous, comme l'appellent les locaux. Pour Marko Voronine, clandestin traqué par la mafia roumaine, Belz semblait l'endroit idéal pour se faire oublier. Mais dans cette enclave portuaire, les étrangers ne sont pas aimés et Marko se brouille avec un marin, Jugand. Quelques jours plus tard, son cadavre mutilé est découvert. Marko sait son temps compté et la fuite impossible.

« Tantôt thriller qui dégrise, tantôt roman social inspiré, Terminus Belz *déploie sa belle architecture et son écriture musicale jusqu'à la dernière page. »*

Télérama